名探偵《めいたんてい》
シャーロック・ホームズ
Sherlock Holmes

二つの顔を持つ男

名探偵《めいたんてい》シャーロック・ホームズ

二つの顔を持つ男

目次

二つの顔を持つ男
THE MAN WITH THE TWISTED LIP（原題訳「くちびるのねじれた男」）

オレンジの種五つ
THE FIVE ORANGE PIPS（原題訳「五つのオレンジの種」）

二つの顔を持つ男

アヘン窟《くつ》の友人さがし

アイザ・ホイットニーはセント・ジョージ神学校の校長をつとめた、いまは亡《な》きイライアス・ホイットニー神学博士《はかせ》の弟で、強度のアヘン依存症《いぞんしょう》であった。

この悪い習慣《しゅうかん》に手を出すようになったのは、学生時代の、ちょっとした気まぐれからであった。アヘンによってもたらされる夢《ゆめ》のような感覚の世界をえがいた、ド・クインシー[*1]の作品を読んだかれは、同じような体験をしてみたくなり、タバコにアヘンチンキ[*2]をひたして、すってみたのだった。

だれにとっても同じことなのだが、こういう習慣《しゅうかん》というのは、身につけるのはかんたんなのだが、やめるとなると、そうはいかない。そのことをさとったときには、かれはもう、この麻薬《まやく》のとりこになってしまい、友だちや親類の者たちから、おそれと、あわれみの入りまじった目で見られるようになっ

アヘン　ケシの実《み》から採取《さいしゅ》された果汁《かじゅう》を乾燥《かんそう》させてつくられる麻薬《まやく》の一種《いっしゅ》。

ていた。

いまではかれは、いつでも黄色い無表情《むひょうじょう》の顔つきで、まぶたはたるみ、ひとみは針《はり》の先のように小さくなり、いすにまるくうずくまって、高貴《こうき》なおもかげなどひとかけらもない、むざんなすがたであった。

一八八九年六月のある夜のこと、そろそろあくびが出て、時計に目をやるようなころだというのに、玄関《げんかん》のベルが鳴った。わたしは、いすから身をおこした。妻《つま》は、あみ物をひざの上に置き、少しょうがっかりした顔つきになった。

「患者《かんじゃ》さんですわ！　これから往診《おうしん》にお出かけですね」

と、妻《つま》はいった。

一日のつかれを、やっといやしたところだったので、わたしは思わず、ため息をついてしまった。

玄関《げんかん》のドアが開く音がすると、あわただしい話し声が二、三聞こえ、リノリウムの床《ゆか》の上を、いそぎ足でやってくる足音がした。そして部屋のドア

リノリウム
室内《しつない》の床《ゆか》や壁面《へきめん》に使《つか》われる建築材料《けんちくざいりょう》。

がさっと開き、黒っぽい服に身をつつみ、黒いベールをかぶった婦人《ふじん》が入ってきた。

「こんなおそくにうかがって、もうしわけございません」

婦人《ふじん》はこういうと、急にこらえられなくなったように、走りよった。そして、妻《つま》の首に両腕《うで》をまわしてすがりつき、その肩《かた》に顔をうずめてすすり泣いた。

「ああ、わたくし、とてもこまっておりますの！　どうぞ、お助けください」

と、かのじょはさけんだ。

「まあ、ケイト・ホイットニーさんではありませんか」

妻《つま》は、婦人《ふじん》のベールを引きあげながらいった。

「ほんとうにびっくりしましたわ、ケイト！　入っていらしたときには、どなただか、まったくわかりませんでしたの」

「わたくし、もうどうしたらいいか、わかりませんの。まっすぐ、あなたのところへまいりました」

　これは、いつものことであった。悲しみにしずんだ人たちは、灯台に鳥があつまるように、妻《つま》のところへやってくるのだ。

「ほんとうに、よくきてくださいましたわね。まず、水わりのワインを、少しめしあがるといいわ。そして、ここにおかけになって、気が楽になったら、すべてをお話しになってくださいな。なんでしたら、ジェイムズ*3には先にやすんでもらって、ふたりだけで話しあってもよろしいですわよ？」

「いいえ、いいえ、それはかまいませんの！　先生にも相談にのっていただいて、お力ぞえ願えればと思います。じつは、夫のアイザのことですの。あの人、もう二日も家に帰ってまいりません。わたくしは、もう心配で、いてもたってもいられないのです」

　ケイトが、夫についてのなやみを、わたしたちに話すのは、今回がはじめてではなかった。わたしには医者として、妻《つま》には学生時代からの旧友《きゅうゆう》として、いままでにも何回か相談をもちかけていた。そのつど、わたしたちは心からかのじょをなぐさめ、元気づけてきた。

夫の居場所《いばしょ》の心あたりは？　われわれで、かのじょの夫をつれもどすことはできるのか？

聞いてみると、次のようなことらしかった。

最近、ケイトがつかんだ情報《じょうほう》によると、かのじょの夫は、アヘンの禁断症《きんだんしょう》状《じょう》が出ると、ロンドンのシティ*4の東、一番はずれにあるアヘン窟《くつ》に出かけているにちがいないということだった。しかし、いままで、アヘンにおぼれているのはいつでも一日だけで、夜になるとからだをけいれんさせ、すっかりうちひしがれたようすで帰ってきていたのだった。ところが今回は、なんと四十八時間ものあいだ、アヘン窟《くつ》に入りびたりになっているのだ。

きっといまごろは、波止場のアヘン常習者《じょうしゅうしゃ》たちにまじって、ねたきりで毒《どく》の煙《けむり》をすいつづけているか、または麻薬《まやく》が切れるまでねむりこんでいるのか、どちらかにちがいない。

かれの居場所《いばしょ》は、アッパー・スウォンダム・レインの、「バー・オブ・ゴールド」にまちがいないと、夫人にはわかっていた。しかし、かのじょになに

アヘン窟《くつ》
アヘンをのませる店《みせ》。ホームズ物語《ものがたり》が発《はっ》表《ぴょう》された「ストランド・マガジン」の、一八九一年《ねん》六月号《がつごう》に、匿名記事《とくめいきじ》「アヘン窟《くつ》の夜《よる》」が発《はっ》表《ぴょう》された。

アッパー・スウォンダム・レイン
架空《かくう》の地名《ちめい》。いくつか候補地《こうほち》があるが、未《み》確定《かくてい》。

バー・オブ・ゴールド
「金《きん》ののべ棒《ぼう》」。ここでのバーは、「酒屋《さかや》」の意味《いみ》だろう。

ができるというのだろう。内気な若《わか》い女性《じょせい》が、そのようなおそろしい場所に入り、ならず者たちのあいだにいる夫をつれもどすことなど、できるはずがないではないか。

　こういう状況《じょうきょう》のもとでは、解決策《かいけつさく》はひとつしかない。それは、わたしがケイトと一緒《いっしょ》に、その場所へ行くことだ。しかし、よく考えてみれば、なぜかのじょも行かなければならないのだろう？　アイザ・ホイットニーの主治医はわたしだ。かれも、わたしのいうことなら、聞きいれるだろう。それにわたしひとりのほうが、なにかとうまく立ちまわれるはずだ。

　そこで、わたしは、アイザがケイトの教えた場所にいさえすれば、かならず二時間以内に辻馬車《つじばしゃ》で屋敷《やしき》へ送りとどけると、かのじょにかたくやくそくした。そして十分後、わたしは、安楽いすと気持ちのよい居間《いま》をあとに、二輪馬車で一路東へといそいだ。

　きみょうな役わりを引きうけてしまったと、そのときわたしは思った。しかし、それがいかにきみょうなことであるかがわかるのは、さらにずっとあ

辻馬車《つじばしゃ》　現在《げんざい》のタクシーのように使《つか》われていた馬車《ばしゃ》。

とになってからであった。

だが、わたしの冒険《ぼうけん》も、第一の段階《だんかい》では、なんの困難《こんなん》もなかった。アッパー・スウォンダム・レインは、ロンドン橋の東で、テムズ川北岸につづく高い波止場の裏手《うらて》にあたる、きたない横丁である。水夫相手の安物衣服の店とジン飲《の》み屋《や》のあいだにある下へおりる急な石段《いしだん》が、洞窟《どうくつ》のようにぱっくりと開いた、暗い入り口へと通じていた。それが、わたしのめざしているアヘン窟《くつ》であった。

わたしは馬車を待たせ、よっぱらいの靴《くつ》にふまれつづけたために、中央がすりへってしまった階段《かいだん》をおりていった。入り口の上につるされた石油ランプのちらちらする光の中に、ドアのかけ金を見つけて中に入ると、そこは天井の低い、細長い部屋になっていた。まるで移民船《いみんせん》の船員部屋のような木製《もくせい》のベッドが、何段《なんだん》にもかさなってそなえつけられ、アヘンの茶色い煙《けむり》が、もうもうと立ちこめていた。

うす暗い室内には、いろいろときみょうな形にうずくまっている人びとの

ジン飲《の》み屋《や》
ジンは、無色透明《むしょくとうめい》の蒸留酒《じょうりゅうしゅ》。ジンを専門《せんもん》に売《う》っていた飲《の》み屋《や》のこと。

移民船《いみんせん》
自分《じぶん》の国《くに》を出《で》て外国《がいこく》へ行《い》き、そこで働《はたら》き、生活《せいかつ》をする、移民《いみん》たちを運《はこ》ぶ船《ふね》。

すがたが、ぼんやりと見えた。背中《せなか》をまるめている者、ひざをまげている者、頭を後ろにそらせ、あごを上につきだしている者もいた。そして、あちこちから、暗くどんよりとした目が、あたらしく入ってきたわたしにそそがれた。

黒い人かげの中で、小さくまるい赤い火が、明るくなったり、暗くなったりしていた。それは、金属製《きんぞくせい》のアヘン・パイプの火皿の中で燃《も》えている、アヘンの火であった。

おおかたの人かげは、だまって横たわっていたが、なかにはもごもごとひとりごとをいう者や、へんに低く一本調子な声で話している者もいた。かれらの話し方は、急にいきおいよく話しだしたかと思うと、すぐに消えたように沈黙《ちんもく》するというぐあいであった。それぞれが、かって気ままに自分の考えをつぶやいているだけで、となりの人の話には、ほとんど耳をかたむけない。

奥《おく》のほうには、炭火を入れた小さい火鉢《ひばち》があった。そのそばで、三本足の木製《もくせい》のいすに腰《こし》をかけた、背《せ》の高いやせた老人が、両ひじをひざにのせ、両手のこぶしをあごにあてて、じっと火鉢《ひばち》の中の火を見つめていた。

アヘン・パイプ
アヘンをすうためのパイプ。

火皿《ひざら》
パイプのまるくへこんだ部分《ぶぶん》。

顔色が黄色がかったマレー人の給仕が、パイプと一回分のアヘンをもって、いそいでわたしに近よってくると、からのベッドを手でさししめした。

「ありがとう。わたしは客ではないのだ。ここに、アイザ・ホイットニーという友人がいるはずなのでね。かれと話をしようと思ってきたのだ」

と、わたしはいった。

わたしの右がわのほうで人の動く気配がして、さけび声が聞こえた。見ると、うす暗がりの中に、青白くやつれて、髪《かみ》をみだしたホイットニー当人が、じっとわたしを見つめていた。

「おや！　ワトスンじゃないか」

と、かれはいった。

かれは麻薬《まやく》がさめた反動で、全身の神経《しんけい》がびりびりしている、みじめな状《じょう》態《たい》であった。

「ねえ、ところでワトスン、いま何時なのかな？」

「十一時近くですよ」

マレー人《じん》
マレーシア出身《しゅっしん》の人《ひと》。マレーシアは十八世紀末《せいきすえ》から、英国《えいこく》の植《しょく》民地《みんち》になっていた。

「何日の？」

「六月十九日、金曜日です」

「なんということだ。ぼくは水曜日だとばかり思っていた。いや、今日は水曜日にちがいない。どうしてそんなに、おどろかすようなことをいうのだい？」

かれは、両腕《りょううで》の中に顔をうずめると、かん高い声ですすり泣きをはじめた。

「今日は、まちがいなく金曜日ですよ。奥《おく》さんは、二日間ずっと、あなたを待ちつづけておられます。少し反省していただかねば！」

「そうするとも。しかしワトスン、きみもなにか、かんちがいをしてはいないかい。ここへきて、まだ二、三時間しかたっていないはずだよ。たしか、三服か四服して——何服だったかはわすれたが。とりあえず、一緒《いっしょ》に帰ることにするよ。ケイトに心配はかけたくないからね。——ああ、ケイト、すまなかった。手をかしてくれ！　馬車はあるのかい？」

「そう、外に待たせてありますよ」

「それでは、それで行こう。しかし、支払《しはら》いをしなくては。いくら払《はら》えばいいか、見てきてくれ、ワトスン。ぼくはもう、くたくただ。ひとりではなにもできないよ」

頭が麻痺《まひ》してしまいそうな毒《どく》の煙《けむり》を、なるべくすわないようにと息を殺《ころ》しながら、わたしは二列にならんでねている連中のあいだの、せまい通路を通りぬけて、店の支配人《しはいにん》をさがしに行った。火鉢《ひばち》のそばにすわっている、背《せ》の高い男の横を通りすぎようとしたとき、急に服のすそが引っぱられ、低くつぶやく声が聞こえた。

「通りすぎたら、ふりかえってみたまえ」

このことばは、ひじょうにはっきりと、わたしの耳にとどいた。わたしは、ちらりと下に目をやった。その声は、まちがいなく、わたしのわきにいる年《とし》寄《よ》りのものとしか思えなかった。しかし、そのやせてしわだらけで、腰《こし》のまがった男は、力が抜《ぬ》けてしまった指先からすべり落ちそうなアヘン・パイプを、ひざのあいだにぶらりと下げていた。そして、じっと夢《ゆめ》の世界をさまよっているかのように見えた。

わたしはそのまま二歩先へ行き、ふりかえってみた。そのとたん、おどろきのあまり、さけび声をあげそうになったが、やっとのことで思いとどまった。

わたしのほかには、だれにも顔を見られないように、年寄《としよ》りはからだをねじっていた。先ほどまでのおもかげは消えて、顔のしわもなく、どんよりとにごっていた目は、生き生きとかがやいていた。おどろいているわたしに、火にあたりながら笑いかけてきた男は、ほかでもない、あのシャーロック・ホームズであった。

かれは、それとなく身ぶりで、近くへよるようにと合図をした。そして、ふたたび顔を、ほかの連中のほうへ半分向けたときには、また、たちまちにして、よぼよぼとした口元のしまらない年寄《としよ》りに変身していたのだった。

「ホームズ!」

わたしはささやいた。

「こんなあなぐらで、いったいなにをやっているのだい？」

「できるだけ、小さい声で話してほしいね」

と、かれは答えた。

「ぼくの耳は、すばらしくいいのさ。ところで、あの、よいどれのきみの友人を、ひとりで帰るようにしてもらえると、ぼくはひじょうにありがたいね。きみにちょっと、相談にのってもらえるとうれしいのだ」

「外に馬車を待たせてある」

「それでは、馬車で屋敷《やしき》まで送りとどけさせればいい。かれはひとりにしても、だいじょうぶだろう。あれだけくたくたなら、へんなこともしないだろうからね。それから、御者《ぎょしゃ》に手紙をたくして、きみの奥《おく》さんに、きみがぼくと一緒《いっしょ》にいることを知らせたほうがいい。外で待っていてくれたまえ。ぼくも五分以内に出ていくよ」

あたらしい事件《じけん》

どんなことであろうと、シャーロック・ホームズのたのみをことわることはむずかしい。しかも、そのたのみごとというのは、いつでもひじょうにはっきりとしたもので、そのうえ、まるで命令するような口調なのだ。

しかし、ホイットニーを馬車に乗せれば、わたしの役目は終わったも同じことではないか。とすれば、そのあとでホームズと一緒《いっしょ》に、――ホームズにとっては、日常茶飯事《にちじょうさはんじ》のことではあろうが――たぐいまれな冒険《ぼうけん》を、またあたらしくひとつ経験《けいけん》できるとなれば、これほどけっこうな話はない、とわたしは思った。

数分のうちに、わたしはメモをしたため、ホイットニーの勘定《かんじょう》を支払《しはら》うと、かれを馬車に乗せ、馬車が暗闇《くらやみ》の中に消えていくのを見送った。

まもなく、アヘン窟《くつ》から、おいぼれたすがたであらわれたシャーロック・

ホームズと一緒《いっしょ》に、わたしは通りを歩いていった。通りを二本すぎるまで、かれは背中《せなか》をまげ、足元をふらつかせていた。やがて、すばやくあたりを見まわすと、腰《こし》をのばし、心からおかしげに大声で笑いだした。

「ワトスン、きみは医者の立場から、ぼくにいろいろと忠告《ちゅうこく》してくれている。きみはぼくが、コカインを注射《ちゅうしゃ》するという悪い習慣《しゅうかん》だけではすまなくなって、さらにアヘンまですいはじめたのだと思っているだろうね」

「あそこできみに会うとは、まったくおどろきだったね」

「いや、ぼくのほうこそ、びっくりさ」

「ぼくは、友人をさがしに行ったのさ」

「ぼくのほうは、敵《てき》をさがしにだ」

「敵《てき》っていうと？」

「そう、ぼくの生まれついたときからの敵《てき》。というよりは、生まれつきのこのみとでもいったほうがいいだろうね。ワトスン、まあ、かんたんにいうと、ぼくはいま、ひじょうにきみょうな事件《じけん》の調査中《ちょうさちゅう》なのさ。そこで、いままで

コカイン
コカの葉《は》にふくまれる。現在《げんざい》は、麻薬《まやく》としてとりしまられているが、ホームズの時代《じだい》には清涼飲料《せいりょういんりょう》にも入《はい》っているなど、健康飲料《けんこういんりょう》の感覚《かんかく》だった。

コカインを注射《ちゅうしゃ》
ホームズは気分《きぶん》を高《たか》めるために、コカインの7%溶液《ようえき》を使《つか》っていた。コカインもアヘンと同様《どうよう》、当時《とうじ》は毒性《どくせい》のあるものとは考《かんが》えられていなかった。

やってきたように、麻薬中毒者《まやくちゅうどくしゃ》たちのあいだの、とりとめのない会話から、なにか手がかりをさがそうとしていたのだ。

あのアヘン窟《くつ》でぼくの正体がわかれば、ぼくの命は一時間ももたなかっただろうね。じつは、前にも仕事であそこを利用したことがあるのだけれど、あの店の経営者《けいえいしゃ》である水夫あがりのインド人が、ひどくおこって、ぼくにきっとしかえしをしてやると、いきまいているのだ。

あの建物の裏手《うらて》にある、*5ポール埠頭《ふとう》のはしの近くに、はねあげ戸がある。もし、あの戸が口がきけたら、月のない夜に、そこからなにが運びだされているのか、いろいろと興味深《きょうみぶか》い話をしてくれるだろうね」

「ええっ！　それが死体だとでもいうのかい？」

「そう、死体さ、ワトスン。もし、あのほらあなで、人ひとりが殺《ころ》されるつどに、千ポンドもらえるというのなら、ぼくたちはたちまち大金持ちさ。この河岸《かし》かいわいで、もっともいまわしい殺《ころ》し屋《や》の巣だ。

だから、ネビル・セントクレアも、入ったきりで、二度と出てこないので

ポンド
英国《えいこく》の通貨《つうか》の単位《たんい》。現在《げんざい》の日本《にほん》の諸物価《しょぶっか》を元《もと》に考《かんが》えると、当時《とうじ》の一ポンドは、約《やく》二万四千円《えん》に相当する。千ポンドは、約《やく》二千四百万円《えん》。

はないかと心配しているのさ。そう、この辺に馬車が待っているはずだ」

ホームズは、両手の人さし指を口に入れ、するどく口笛を鳴らした。すると合図に応《こた》え、遠くから同じような口笛が返ってきて、まもなく馬のひづめと、車輪の音が近づいてきた。背《せ》の高い二輪馬車が、両がわのランタンから、二本の金色の光をかがやかせて、暗闇《くらやみ》の中を全速力で走ってくると、ホームズがいった。

「さあ、ワトスン。一緒《いっしょ》にきてくれるだろうね？」

「お役に立つのならね」

「そうだ、信頼《しんらい》のおけるなかまほど、いいものはないよ。そのうえに記録係もつとめてくれるのだから、なおさらさ。おあつらえ向きに、『杉屋敷《すぎやしき》』でぼくが使わせてもらっているのは、ベッドがふたつある部屋だしね」

「『杉屋敷《すぎやしき》』というと？」

「そう、セントクレア氏の屋敷《やしき》のことさ。ぼくは、この事件《じけん》の調査中《ちょうさちゅう》は、そこにとまらせてもらっているのさ」

両《りょう》がわのランタン
キャリッジ・ランタンと呼《よ》ばれ、シンプルな型《かた》のものが多《おお》い。

「それは、どこにあるのかね？」

「*6ケント州のリーの近くだ。ここからだと、およそ十一キロメートルさ」

「しかし、なにがなんだか、ぼくにはさっぱりわからないよ」

「そうだろうね。しかし、すぐにわかるさ。さあ、ここに乗って。よし、ジョン、もう帰っていいよ。半クラウンだ。あす十時ごろ、またたのむよ。手綱《たづな》をはなして。ご苦労だったね！」

ホームズが馬にむちをあてると、馬車は、はてしなくつづくうす暗い人通りのない道を、いせいよく走りだした。走るにつれて、道はばはしだいに広くなり、馬車はらんかんのついた大きな橋をわたった。暗闇《くらやみ》の中に、ゆるやかに川が流れているのが見えた。川向こうには、また、レンガとモルタルの家なみがどこまでもつづき、しずけさをやぶるのは、警官《けいかん》の重く規則《きそく》正しい足音と、夜ふけまで飲んでいるよいどれたちの、歌やわめき声くらいであった。

　黒ずんだちぎれ雲がひとかけら、ゆるやかに空を流れ、雲の切れ目から

クラウン
王冠《おうかん》のもようのある、五シリング硬貨《こうか》のこと。この当時《とうじ》の一クラウンは、現在《げんざい》の日本《にほん》円《えん》で、約《やく》六千円《えん》に相当《そうとう》する。

モルタル
セメントと砂《すな》をまぜて、水《みず》でねったもの。耐水性《たいすいせい》や強度《きょうど》はすぐれているが、ひび割《わ》れしやすい。

は、星がひとつふたつ、にぶくかがやいていた。

ホームズは考えをめぐらせているようで、首を下げたままのすがたで、もくもくと馬を走らせていた。これほどまでに、かれが力をそそいでいる今回の事件《じけん》の内容《ないよう》について、わたしは知りたくてたまらなかった。しかし、かれの推理《すいり》のじゃまをしてはいけないと思い、だまってかれのそばに腰《こし》をかけていた。

数キロメートル走り、郊外《こうがい》の住宅地帯《じゅうたくちたい》のはずれにさしかかったとき、ホームズはふいにからだを動かして、肩《かた》をすくめ、パイプに火をつけた。自分の行動が、もっとも適切《てきせつ》であったことに、いかにも満足しているというようすであった。

「ワトスン、きみには、沈黙《ちんもく》という、すばらしい才能《さいのう》があるね」

と、かれはいった。

「だからきみは、すばらしい相棒《あいぼう》なのさ。じつをいうと、気が向いたときに話し相手がいるということが、ぼくにとっては大切なのだよ。いまも、今夜、かのうるわしいご婦人《ふじん》が、戸口のところへ出むかえてくれたとき、なんと答えようかと、思いあぐねていたのさ」

「きみは、ぼくがまだ、なにも聞いていないということを、わすれているようだね」

「リーに着くまでには、事件《じけん》のあらましを説明する時間があるだろう。この事件《じけん》は、一見きわめて単純《たんじゅん》に見えるのだが、どうしたわけか、どこから手をつけてよいかわからないのだ。もちろん、手がかりとなる糸は何本もあるのだが、かんじんの問題をときあかす、糸口になるものがつかめない。

それでは、ワトスン、事件《じけん》の経過《けいか》を、かんたんに説明してみようか。ぼくにはまったくわからないことでも、きみにはなにかが、ひらめくかもしれないからね」

「では、話してくれたまえ」

消えたセントクレア氏

「数年前——正確《せいかく》には、一八八四年の五月——ネビル・セントクレアと名のる紳士《しんし》が、リーにやってきた。かれは金持ちらしく、大きな邸宅《ていたく》を買いとり、庭を美しく手入れし、はでな生活をしていた。だんだんに近所の人たちとも親しくなり、一八八七年に、この地方の酒造《しゅぞう》会社のむすめと結婚《けっこん》し、いまでは子どもがふたりいる。

かれは特定の職業《しょくぎょう》にはついていないが、いくつかの会社に関係していて、毎朝決まってロンドンに出かけ、夕方は*7キャノン街駅発五時十四分の列車で帰ってきていた。セントクレア氏は、年齢《ねんれい》三十七歳《さい》、性格《せいかく》は温厚《おんこう》、よき夫、子ども好きな父親で、だれからも好かれている。

さらにつけくわえると、かれの借金は八十八ポンド十シリングだが、キャピタル・アンド・カウンティズ銀行には、二百二十ポンドの預金《よきん》があること

シリング
当時《とうじ》の英国《えいこく》の通貨《つうか》の単位《たんい》。この当時《とうじ》の一シリングは、現在《げんざい》の日本《にほん》円《えん》で約《やく》千二百円《えん》に相当《そうとう》する。二十シリングで一ポンド。

を、ぼくは確認《かくにん》している。このことから、かれに金銭的《きんせんてき》ななやみがあったとは考えられない。

さて、この月曜日、ネビル・セントクレア氏は、いつもより少し早めに屋《や》敷《しき》を出て、ロンドンへ向かった。今日は大切な用事が二件《けん》あり、それをすませたあとで、小さいむすこに、つみ木を買って帰るといって出かけたそうだ。

まったくぐうぜんだったのだが、同じ月曜日、夫が出かけた直後に、夫人は一通の電報《でんぽう》をうけとった。それは、かねてから夫人が待っていた大切な小包が、アバディーン汽船会社の事務所《じむしょ》に到着《とうちゃく》しているので、取りにきてほしいというものであった。

ロンドンの地理をよく知っていればわかると思うが、この汽船会社があるフレスノ街というのが、今晩《こんばん》きみがぼくと会った、あのアッパー・スウォンダム・レインから分かれている通りなのさ。

セントクレア夫人は、昼食をすませると、シティへ出かけ、ちょっと買い物をしてから汽船会社へ行き、小包をうけとった。そして駅へもどろうと、

フレスノ街《がい》
架空《かくう》の地名《ちめい》。

四時三十五分ちょうどに、スウォンダム・レインを歩いていた。ここまではわかるね？」

「よくわかったよ」

「この月曜日は、おそろしく暑い日だったのを、きみもおぼえているだろう。それに、セントクレア夫人は、ああいうところを歩くのは気がすすまないので、辻馬車《つじばしゃ》でも見つけようと、きょろきょろしながらゆっくりと歩いていた。

こうして、スウォンダム・レインを歩いていると、とつぜん、悲鳴にもにたさけび声が聞こえた。思わずそちらを見たかのじょは、おどろきのあまり、くぎづけになってしまった。なんとしたことか、すぐ前の建物の三階の窓《まど》から、夫がかのじょを見下ろしていたのだ。

かのじょには、夫が自分を手まねきしているように見えた。窓《まど》は開いていたので、夫の顔だと、かのじょにははっきりとわかった。夫は、ひどくこうふんしているようすだったそうだ。かれは、かのじょに向かって必死に手を

ふっていたが、とつぜん、後ろからなにか強い力で引っぱられでもしたかのように、窓《まど》ぎわからすがたが見えなくなってしまった。

このとき、かのじょは女性的《じょせいてき》な観察力で、すばやくひとつ、きみょうなところを発見している。それは、セントクレア氏は、屋敷《やしき》を出たときに着ていた、黒っぽい上着を着ていたにもかかわらず、カラーもネクタイもつけていなかったということだ。

これは夫に、なにかまちがいがおこったにちがいないと、夫人はいそいで階段《かいだん》をかけおりた。——つまり、その建物というのが、今夜きみがぼくに会ったアヘン窟《くつ》なのだ。——それから夫人は、あの表の部屋を走りぬけ、二階へ通じている階段《かいだん》をかけあがろうとした。

ところが階段《かいだん》の下に、きみに話した、あの水夫あがりのインド人が出てきて、夫人はその男と、手下のデンマーク人のふたりに、外の通りへおしもどされてしまったのさ。夫人は、心配とおそろしさでつぶれそうになった胸《むね》をおさえて、通りを走った。

カラー
背広《せびろ》の下《した》に着《き》るワイシャツの、えりのこと。取《と》りはずし式《しき》になっていた。

運がよかったことに、フレスノ街で、警部《けいぶ》が数人の警官《けいかん》と巡回《じゅんかい》していると
ころに出くわした。それで夫人は、警部《けいぶ》とふたりの警官《けいかん》とともに引きかえし
た。そして、経営者《けいえいしゃ》のインド人がとめるのも聞かず、セントクレア氏が、最
後にすがたを見せたという部屋へ急行した。
しかしそこには、かれのすがたは、かげも形もなかった。その階をくまな
く捜査《そうさ》したすえ、見つかったのは、部屋に住みついていると思われる、みに
くい顔をした足の不自由な男だけであった。
この男と水夫あがりのインド人のふたりは、今日の午後、この表がわの部
屋にきた者はだれもいないと強くいいはった。かれらがあまり強く否定《ひてい》する
ので、さすがに警部《けいぶ》のほうも自信をなくし、セントクレア夫人の思いちがい
だったのかもしれない、と考えはじめた。
そのとき、夫人がとつぜん、あっとさけび、テーブルの上の小さな木製《もくせい》の
箱にとびついた。箱のふたを開けてみると、子どものつみ木が中からこぼれ
おちた。それは、セントクレア氏が買って帰るとやくそくしていた、おもちゃ

だったのだ」

あやしげな男、ヒュー・ブーン

「このつみ木が発見されたとき、足の不自由な男が、ひじょうにあわてた表《ひょう》情《じょう》をしたので、やっと警部《けいぶ》はこの事件《じけん》の重大さをさとったようだった。そこでふたたび、すべての部屋をていねいに調査《ちょうさ》した。すると、悪質《あくしつ》な犯罪《はんざい》が行われたらしいあとが、そこから発見された。

表がわの部屋は、そまつな家具が入っている居間《いま》で、奥《おく》にある小さい寝室《しんしつ》につづいていた。寝室《しんしつ》の窓《まど》からは、波止場の裏《うら》がわが見えた。波止場と寝室《しんしつ》の窓《まど》とのあいだは、細長い空き地になっていた。ここは、潮《しお》が引くと地面が見えるのだが、潮《しお》がみちると、一メートル半ほどの水深になるということだっ

た。

寝室《しんしつ》の窓《まど》は、下からおしあげて開ける形式の大きなものだった。しらべてみると、窓《まど》ぎわに血がついているし、床《ゆか》の上にも点てんとそのあとが残っていることがわかった。また、表がわの部屋のカーテンのかげには、ネビル・セントクレア氏の、上着をのぞくすべての衣類がつっこんであった。靴《くつ》、靴《くつ》下《した》、帽子《ぼうし》、時計――すべてがそこにあった。

しかし、これらの衣類には、暴力《ぼうりょく》をふるわれたようなあとは、まったく見られなかった。また、ネビル・セントクレア氏がここにいたことを思わせるものは、このほかにはなにもなかった。

どうやらかれは、寝室《しんしつ》の窓《まど》から消えたにちがいない。ほかには、出口らしいものは見つからなかったからだ。窓《まど》ぎわに残された血のあとを考えると、潮《しお》がみちているときに事件《じけん》がおきているので、およいでぶじににげたという見こみはうすかった。

そこで、直接事件《ちょくせつじけん》にかかわっている悪党《あくとう》たちについてだが、あの水夫あが

りのインド人は、ひじょうにあやしげな経歴《けいれき》の男として知られている。しかし、セントクレア夫人の話だと、夫のすがたを窓辺《まどべ》で見てから数秒もたたないうちに、インド人は階段《かいだん》の下にいたことがわかっているのだから、今回の犯罪《はんざい》については、主犯《しゅはん》とは考えられない。

本人は、まったくなにも知らないと主張《しゅちょう》している。下宿人の足の不自由なヒュー・ブーンという男がなにをしているのか知らないし、また行方不明となった紳士《しんし》の衣服がなぜこの部屋にあるのか、まったく説明のしようもないといいはった。

水夫あがりのインド人経営者《けいえいしゃ》については、これだけだった。次はあの、三階に住みついているという、うす気味の悪い足の不自由なヒュー・ブーンについてだ。この男が、ネビル・セントクレアのすがたを最後に見かけた人間にちがいない。かれの見るもおそろしい顔は、シティではおなじみだった。警察《けいさつ》の取りしまりの網《あみ》の目をくぐるために、ろうマッチを売るふりをしているが、じつは物ごいが本職《ほんしょく》なのだ。

ろうマッチ
木《き》じくの部分《ぶぶん》にロウがコーティングされているマッチ。頭《あたま》の部分《ぶぶん》には発火剤《はっかざい》が含《ふく》まれていて、まさつによって発火《はっか》する。

MATCHES

スレッドニードル街[*8]を少し行ったところの左がわに、かべが少しひっこんでいるところがあるのを、きみも知っているだろう。この男が毎日あぐらをかき、ひざの上にマッチを少しのせて、じんどっているのがここさ。かれのすがたときたら、いかにもあわれをさそうので、舗道《ほどう》の上に置かれた、あぶらのしみでた革の帽子《ぼうし》の中には、慈悲《じひ》の小銭《こぜに》が雨のようにふりそそいでいる。

ぼくがこんな形でかれとお近づきになろうとは考えてもみなかったころ、かれのことを何回か観察したことがある。ほんのわずかのあいだに、ずいぶん実入《みい》りがあるのに、おどろいたものさ。

かれのあのすがたは、なんといっても人の目をひくからね。だれも、かれの前を素通《すどお》りはできないよ。ぐしゃぐしゃのオレンジ色の髪《かみ》、おそろしい傷《きず》あとのある青白い顔、その傷《きず》による引きつれで、上くちびるは上の方へねじれてしまっている。ブルドッグのようなあご、髪《かみ》の毛の色と対照的な、するどく射《い》るような黒い目。すべてが、ふつうの物ごいとはちがうのだよ。

それにかれはすごく頭がきれて、通行人からのちょっとしたことばに、いつでも、たちまちうまい答えを返すのさ。そして、このアヘン窟《くつ》に住んでいる男が、われわれがさがしている紳士《しんし》を、最後に見た人物でもあるのだ」

「しかし、からだが不自由なのだよ。男ざかりの人間を相手にして、ひとりでなにができるというのだい？」

と、わたしはいった。

「あの男は、からだが不自由だといっても、足をひきずって歩く程度《ていど》なのだ。その他の点についていえば、力は強そうだし、体格《たいかく》もしっかりしている。

ワトスン、きみも医者だから、よくわかると思うけれど、手や足のひとつに障《しょう》がいがあると、そのかわりとして、残りの部分の力が異常《いじょう》に強くなるということが、よくあるではないか」

「そうだね。まあ、話をつづけてくれたまえ」

「セントクレア夫人は、窓《まど》ぎわの血を見て気絶《きぜつ》してしまったのだ。かのじょがそこにいても、捜査《そうさ》の役に立つわけでもないし、警察《けいさつ》は、かのじょを馬車で屋敷《やしき》まで送りとどけた。

この事件《じけん》担当のバートン警部《けいぶ》は、現場《げんば》をくまなく捜査《そうさ》したが、事件解決《じけんかいけつ》に役に立つような手がかりを、なにも発見できなかった。

ブーンをその場で逮捕《たいほ》しなかったのは、まちがいだったよ。数分間だったけれど、放っておいたあいだに、なかまの水夫あがりのインド人と口裏《くちうら》をあわせたかもしれない。

しかし、この手落ちはすぐにあらためられて、ブーンは逮捕《たいほ》され、からだもくまなくしらべられた。しかし、犯行《はんこう》を裏《うら》づけるようなものは、いっさい発見されなかった。

血のあとがシャツの右そでで口に少しついていたが、それは薬指のつめ近くの切《き》り傷《きず》から出た血にまちがいないと、ブーンは説明している。それに窓《まど》ぎわについた血も、先ほどそこに行ったときに、その傷《きず》から出たものが落ちたのだろうと主張《しゅちょう》した。

そして、ネビル・セントクレアなる人物には会ったこともないと、きっぱりと否定《ひてい》し、自分の部屋になぜその男の衣服があるのかも、警察《けいさつ》と同じく、自分にもなぞであると断言《だんげん》した。窓辺《まどべ》で夫を見たというセントクレア夫人のいいぶんについては、きっと錯覚《さっかく》だったか、夢《ゆめ》でも見たのだろうといいはった。

ブーンは大きな声で抵抗《ていこう》していたが、ついには警察《けいさつ》へつれていかれた。潮《しお》が引けば、なにかあたらしい手がかりが発見されるかもしれないと思った警《けい》部《ぶ》は、現場《げんば》に残った。

あたらしい手がかりは、発見されるにはされたのだが、干上《ひあ》がったどろの中から出たものは、警部《けいぶ》たちが、ひそかに期待していたものではなかった。潮《しお》が引くにつれて出てきたのは、ネビル・セントクレアの死体ではなく、かれの上着だったのさ。そして、そのポケットから出てきたものは、いったいなんだと思うかい」

「想像《そうぞう》もできないよ」

「そうだろうね、これはわからないと思うよ。上着のポケットというポケットには、ペニー銅貨《どうか》と半ペニー銅貨《どうか》が、ぎっしりつまっていたのだよ。一ペニーが四百二十一枚《まい》、半ペニーが二百七十枚《まい》だ。上着が潮《しお》に流されなかったのも、あたりまえさ。

死体のほうは、話がややこしいよ。波止場とあの家のあいだは、すごいいきおいで水が引くからね。とすれば、死体ははだかで川に流され、重い上着だけがあそこに残っていた、という可能性《かのうせい》だって十分あるよ」

「だけど、上着のほかの衣類は、みんな部屋に残っていたではないか。死体が上着だけ着ていたのかい？」

「いや、そういうわけではないだろうけれど、つじつまはあわせられるよ。たとえば、あのブーンという男が、ネビル・セントクレアを、窓《まど》からつきおとしたと仮定《かてい》してみよう。

犯行《はんこう》の目撃者《もくげきしゃ》は、だれもいないはずだね。もしそうなら、そのあとかれは、なにをするだろうか？　まず、証拠《しょうこ》となる衣類を、しまつしなければと考えるだろう。

ペニー
当時《とうじ》の英国《えいこく》の通貨《つうか》の単位《たんい》。一ペニーは、現在《げんざい》の日本円《にほんえん》で約《やく》百円《えん》に相当《そうとう》する。ペンスはペニーの複数形《ふくすうけい》。十二ペンスで一シリング。一ペニー、二ペンス、三ペンス……とかぞえる。

そこで、上着を窓《まど》から投げすてようとしたが、上着がしずまないで、水面にうかんでしまうにちがいないと思った。セントクレア夫人が、階段《かいだん》の下でおし問答をしている声も聞こえたはずだし、もしかしたら、警官《けいかん》たちがやってきそうなことも、このとき、なかまの水夫あがりのインド人から聞いていたかもしれない。

とにかく、時間がなかった。だから、少しも待てなかったのさ。そこでかれは、物ごいでかせぎまくった金がしまってある、秘密《ひみつ》の場所へとんでいき、小銭《こぜに》を手あたりしだいに上着のポケットにつめこみ、上着がうかびあがらないようにして、窓《まど》の外へ放り投げた。

それから、ほかの衣類も同様に投げだすつもりだった。しかし、階段《かいだん》をかけあがってくる足音が聞こえたので、窓《まど》だけをどうやらしめおわったところで、警官《けいかん》が入ってきたというわけだ」

「うん、それなら、すじ道は通るね」

「まあ、いまのところ、これにまさる解釈《かいしゃく》の方法もないから、この線で話を進めてみようか。

ブーンが逮捕《たいほ》されて、警察《けいさつ》へつれていかれたことは、もういったね。しかし、この男の前歴《ぜんれき》をしらべても、男に不利になるようなことは、なにも出てはこなかった。何年もプロの物ごいであることはたしかだが、おとなしく、まじめな生活を送っているようだ。

いままでにわかっているのは、このくらいさ。ときあかさなければいけない問題は、まだいくつもある。

まず、ネビル・セントクレアが、アヘン窟《くつ》でなにをしていたのか、また、かれの身になにがおこったのかだ。そして、かれがいま、どこにいるのか。ヒュー・ブーンが、かれの失そうとどこでかかわりあっているのか。

とにかく、解決《かいけつ》の目どもたっていない。これは、一見、単純《たんじゅん》な事件《じけん》だけれども、いままでに体験した事件《じけん》のうちでも、これほどやっかいなものには、あまりお目にかかったことはないね」

夫人の元にとどいた手紙

シャーロック・ホームズが、今回きみょうな事件《じけん》について語っているあいだ、馬車はロンドン郊外《こうがい》の住宅地《じゅうたくち》を、ひたすら走りつづけていた。しだいにまばらになった家なみも、いつしかなくなり、道の両がわが生垣《いけがき》におおわれた、がたがたの道へとさしかかった。ホームズが話し終えたころ、わたしたちは、窓《まど》からほのかな明かりがもれる、家なみのまばらな、ふたつの村のあいだを通りぬけていた。

「リーの郊外《こうがい》までやってきたよ」

と、ホームズはいった。

「ほんの少し馬車が走っただけで、イングランド[*9]の三州を通過《つうか》した。ミドルセックス州[*10]を出て、サリー州[*11]のはしをかすめ、ケント州まできたというわけだ。

あの林のあいだから、明かりがもれているのが見えるかい。あれが『杉屋敷《すぎやしき》』、そしてあのランプの下には、夫の身を案じる夫人がすわっているだろう。かのじょの耳には、もうこの馬車のひづめの音が、とどいているはずだよ」

「ねえ、きみはなぜ今回の事件《じけん》を、[*12]ベイカー街で解決《かいけつ》しようとしないのかい」

と、わたしはたずねた。

「ここでなければ、しらべられないことが多いのでね。セントクレア夫人は親切に、ぼくが自由に二部屋使えるようにしてくれている。きみがぼくの友人で、仕事なかまだといえば、大歓迎《だいかんげい》だから安心したまえ。

それにしても、ワトスン、かのじょの夫について、なんの情報《じょうほう》もなしにかのじょに会うのは、やりきれないね。

さあ、ここだよ。ほうら、どう、どう！」

わたしたちは、庭の広い大きな邸宅《ていたく》の前に馬車をとめた。うまや係の少年が走りでて、馬の頭をおさえてくれた。わたしは馬車からとびおり、ホームズにつづいて、屋敷《やしき》へと通じる、細くまがりくねったじゃり道を歩いた。

玄関《げんかん》に近づくと、ドアが中からさっと開き、小がらな金髪《きんぱつ》の女性《じょせい》があらわれた。えりとそで口に、ふんわりとしたピンクのレースかざりのついた、あっさりした絹《きぬ》モスリンの服を着ている。かのじょのかげは、屋敷《やしき》の明かりを背《せ》にうけて、はっきりとうかびあがっていた。右手はドアに、左手は思いつめたように上へあげ、上半身を少し前かがみにしている。

目をかがやかせ、口は少し開いたままで、首を前のほうに出しているようすは、どう見ても、すぐにでも結果を聞きたいというふうであった。

「いかがでした？」

と、かのじょはさけんだ。

そのあと、わたしたちがふたりづれであるのに気づき、うれしそうにくりかえしてさけんだ。

「いかがでしたか？」

しかし、ホームズが首をふり、肩《かた》をすくめてみせると、たちまち失望して

絹《きぬ》モスリン　地《じ》がうすく、やわらかく、すけて見《み》える絹《きぬ》織物《おりもの》。

うめき声をあげた。

「なにかよい知らせは、ございませんの？」

「なにもありません」

「では、悪い知らせのほうは？」

「ありません」

「それだけでも、ありがたいことですわ。まあ、お入りくださいませ。このようにおそくまで、さぞおつかれのことでしょう」

「こちらは、わたしの友人のワトスン先生です。わたしの仕事をたびたびてつだってもらい、おおいに助かっています。運よく出会ったので、この事件《じけん》の調査《ちょうさ》をてつだってもらおうと、ここまで一緒《いっしょ》においでを願いました」

「それは、ようこそおこしくださいました」

夫人は、わたしの手を、熱心ににぎりしめた。

「ゆきとどかないでしょうが、どうぞおゆるしくださいませ。なにしろ、とつぜんこんなことになってしまいましたものですから」

「いえ、奥《おく》さま」

と、わたしはいった。

「わたしは以前、軍隊におりましたから、おかまいなく。もしそうでなくとも、そのようなご心配は、ご無用になさってください。奥《おく》さまやここにおります友人を、少しでも助けることができれば、うれしいのです」

「ところで、シャーロック・ホームズさま」

冷肉料理の夜食が用意されている、照明のいきとどいた食堂《しょくどう》に入ると、夫人が口を開いた。

「ひとつふたつ、かんたんなことについて、おたずねしてもよろしゅうございますか。それについて、あなたさまの率直《そっちょく》なご意見を、おうかがいしたいのです」

「どうぞ、奥《おく》さま」

「わたくしの気持ちなど、おかまいいただかなくて、かまいませんの。わたくしは、かっとするたちではございませんし、気絶《きぜつ》したりもいたしません。

冷肉料理《れいにくりょうり》
ローストビーフやローストチキンなど肉《にく》を一度《いちど》調理《ちょうり》してから、冷《ひ》やした料理《りょうり》。コールドミート。

ただ、あなたさまが思ったとおりのご意見を、お聞かせ願いたいのです」

「どの点についての、意見でしょうか？」

「あなたさまは、心の底で、ネビルはまだ生きているとお考えでしょうか」

この質問《しつもん》に、シャーロック・ホームズは、こまりはてたようすであった。

「さあ、率直《そっちょく》にお答えくださいませ！」

敷物《しきもの》の上に立った夫人は、柳細工《やなぎざいく》のいすに、ふかく腰《こし》をかけているホームズを、するどく見つめながらくりかえした。

「では奥《おく》さま、率直《そっちょく》にお答えいたします。わたしには、生きておいでだとは思えません」

「では、かれが死んだとお考えですね？」

「そうです」

「殺《ころ》されたのでしょうか？」

「そうとは断定《だんてい》できませんが、おそらくは」

「では、かれが亡《な》くなったのは何曜日とお考えでしょうか？」

「月曜日です」

「それではホームズさま、今日、夫から手紙がまいりましたのは、どうしたわけでしょう。ご説明いただけますか」

シャーロック・ホームズは、感電でもしたかのように、いすからとびあがった。

「なんですって？」

と、かれはさけんだ。

「今日、とどきました」

夫人は、小さな紙きれを高くかかげて、ほほえんだ。

「拝見《はいけん》してても、よろしいですか？」

「どうぞ、ごらんください」

ホームズは、ひったくるようにして、その紙きれを夫人の手からもぎとると、テーブルの上に置いて開き、ランプを引きよせて、ていねいにしらべはじめた。

わたしもいすから立ちあがり、かれの肩《かた》ごしにのぞきこんだ。封筒《ふうとう》はきわめて質《しつ》の悪いもので、消印[*13]はグレイブズエンド[*14]の郵便局《ゆうびんきょく》になっていた。日付は今日——いや、真夜中をかなりすぎているので——昨日のものということになる。

「ひどい字だ」

と、ホームズはつぶやいた。

「奥《おく》さま、これはご主人の字ではありませんね」

「はい。でも、中の手紙は夫の字でございます」

「それと、だれがあて名を書いたにしても、途中《とちゅう》でだれかに、あて先をたずねていますね」

「どうして、そのようなことがおわかりですの?」

「ごらんください。名前のところの文字は、インクが自然にかわいているので、まっ黒になっています。ところが、住所のほうが灰色《はいいろ》になっているのは、吸取紙《すいとりがみ》を使ったからです。もし一度に全部を書き、それから吸取紙《すいとりがみ》を使えば、こういうふうに、一部分だけがまっ黒になることはありません。

ですから、これを書いた男は、まず名前を書き、少しあいだをおいて住所を書いた。つまり、その男は住所を知らなかったということです。

もちろんこれは、とるにたらないことです。しかしまた、とるにたらないようなものごとほど、大切なことはありませんよ。

それでは、手紙を拝見《はいけん》しましょう。おや！　この中には、なにか入っていましたね！」

「はい、指輪が入っておりました。あの人の、印章つきの指輪でございます」

「それでは、これはご主人の筆跡《ひっせき》に、まちがいありませんね？」

「筆跡《ひっせき》のうちのひとつでございます」

「と、おっしゃるのは？」

「いそいで書いたときの筆跡《ひっせき》です。いつもの字とは、ずいぶんかけはなれておりますが、わたくしにはよくわかりますわ」

「『いとしい妻《つま》へ。心配はいらない。すぐにうまくいく。大きなまちがいが

印章《いんしょう》つきの指輪《ゆびわ》　書類《しょるい》などにおす印《しるし》がついている指輪《ゆびわ》。

筆跡《ひっせき》　人《ひと》の手《て》によって直接《ちょくせつ》書《か》かれた文字《もじ》や、その文字《もじ》のあと。

あったので、それを正しい方向に進めるには、少しょう手まどりそうだ。しんぼうして待ってほしい。ネビル』

ほう、八つ折《お》り判《ばん》の本の見返しの白い部分をちぎり、鉛筆《えんぴつ》で書いたものだ。紙に、すかしもようはない。今日、グレイブズエンドでこれを投函《とうかん》した男の親指は、よごれているね。ほう、どうやら、かみタバコをかみながら、封筒《ふうとう》の封《ふう》をなめたようだ。

それでは奥《おく》さま、これはご主人の書かれたものに、まちがいありませんね？」

「はい、たしかにネビルが書いたものでございます」

「そして、今日グレイブズエンドで投函《とうかん》されている。セントクレアさん、見通しは明るいですよ。とはいいましても、安心はできませんが」

「しかし、ホームズさま、夫が生きているということに、まちがいありませんわ」

「これが、われわれの目をあざむくために、うまくしくまれた、にせ手紙で

八《や》つ折《お》り判《ばん》の本《ほん》
全紙《ぜんし》の八分《ぶん》の一《いち》の大《おお》きさ。ここでは十五・二四センチメートル×二二・八六センチメートルの大《おお》きさをさす。

見返《みかえ》し
書物《しょもつ》の表紙《ひょうし》を裏返《うらがえ》したところにあって、表紙《ひょうし》と本文《ほんぶん》をつなぐ紙《かみ》。

ないかぎりはですがね。どちらにしましても、指輪はあてにはなりません。ほかの人に、ぬきとられたのかもしれませんから」

「いいえ、そんなはずはございません。これは、夫が自分で書いたものですわ！」

「たしかにそうでしょう。しかし、月曜日に書かれていたものを、今日、投《とう》函《かん》しただけということだってありえます」

「それはそうですわね」

「もしそうならば、その間に、なにかおこったかもしれないのです」

「まあ、ホームズさま、どうぞ失望させないでくださいませ。わたくしには、夫がぶじということがわかりますの。わたくしたちふたりの心は、強い糸でむすばれております。ですから、もし夫の身になにかおこれば、すぐわかるはずですの。

すがたを消した日の朝も、夫は寝室《しんしつ》でけがをしたのですが、わたくしは食《しょく》堂《どう》にいましたのに、急に胸《むな》さわぎをおぼえて、すぐに二階へかけあがりました。ほんの少しのことでも感じとれるのですから、夫が亡《な》くなりでもしたら、なにか感じないはずはありませんわ」

「わたしもいろいろと経験《けいけん》をしていますので、女性《じょせい》の直感が、[*15]分析的推理《ぶんせきてきすいり》によ る結果よりも、まとをいているばあいがあるということを、知らないわけではありません。そして、この手紙は、あなたのお考えを裏《うら》づける強い証拠《しょうこ》となります。

しかしです、もしご主人が生きておいでで、手紙を書くことができるくらいなら、なぜ、いつまでもあなたの元をはなれておられるのでしょうか？」

「わたくしにはわかりません。思いあたることは、なにもございません」

「ところで月曜日ですが、ご主人はお出かけ前に、なにもおっしゃらなかったのですね」

「そうです」

「そして、スウォンダム・レインでご主人を見かけて、おどろかれましたか？」

「はい、それはおどろきました」

「その窓《まど》というのは、開いていましたか？」

「はい」

「それでは、ご主人は、あなたを呼《よ》びとめることも、できたはずですね？」

「はい、そうだと思います」

「それなのに、なにかわけのわからないさけび声をあげられただけということですね？」

「はい」

「助けを求めるさけび声だと、お思いになりましたか？」

「はい、夫は両手をふっておりましたので」

「しかし、それでしたら、おどろいてさけんだんだとも考えられます。思いがけずあなたのすがたを見て、おどろいて手をあげたのかもしれません」

「それはありえますわ」

「そして、だれかに引きもどされたように、思われたのですね？」

「はい、あまりに急に、すがたが見えなくなりましたものですから」

「ご自分で、後ろへとびのかれたのかもしれません。あなたはあの部屋に、ほかの人かげはごらんになっていなかった」

「はい、けれども、あのおそろしい男は、自分が部屋にいたことは、みとめております。また、水夫あがりのインド人も、階段《かいだん》の下におりました」

「そうでしたね。そして、あなたがごらんになられたかぎりでは、ご主人の服装《ふくそう》は、ふだんのままでしたか」

「はい。でも、カラーとネクタイは、つけておりませんでした。のどがむきだしで、はっきりと見えました」

「いままでに、ご主人がスウォンダム・レインについて、お話しになったことはありますか？」

「いいえ、けっしてございません」

「では、アヘンをすうようなごようすは、ありませんでしたか？」

「いいえ、けっしてございません」

「セントクレアさん、ありがとうございました。わたしが、どうしてもはっきりさせておきたかった、主要な点について、いままでおたずねいたしました。それでは、夕食を少しょういただいて、休ませていただくことにします。あすは、ひじょうにいそがしい日になりそうですので」

夜どおし考えこむホームズ

わたしたちのための部屋は、広くて、気持ちのよい寝室《しんしつ》で、ベッドがふたつ入れてあった。

わたしは、今夜の冒険《ぼうけん》でつかれていたので、さっそくシーツと毛布《もうふ》のあいだに身を横たえた。しかし、シャーロック・ホームズは、わたしとちがって、未解決《みかいけつ》の問題で頭がいっぱいになっているときには、何日でも、あるときには一週間でも、その問題についてひたすら考えをめぐらせ、休もうとはしないのだ。

　事実の配列をかえてみたり、あらゆる方向から考えをめぐらせてみたりして、真相をつきとめるか、あるいは、解決《かいけつ》するための情報《じょうほう》がたりないということをつきとめるまで、けっしてあきらめないのだ。

　かれが夜じゅうおきているつもりでいることが、わたしにはすぐにわかった。かれは上着とチョッキをぬぐと、大きな青いガウンをはおり、部屋じゅうを歩きまわって、ベッドからは枕《まくら》を、ソファーとひじかけいすからはクッションをあつめた。

　そしてそれらをならべて、東洋風の、背《せ》もたれのないベッドをこしらえると、その上にあぐらをかき、目の前には三十グラムほどのシャグタバコと、マッチ箱を置いた。

　ホームズは、ほの暗いランプの光の中で、使い古したブライヤーのパイプをくわえ、天井の一角をぼんやりと見すえていた。その顔は明かりにてらし

シャグタバコ
紙《かみ》に巻《ま》かれていないきざみタバコ。

ブライヤーのパイプ
ブライヤー（ツツジ科《か》）の根《ね》でつくったパイプ。

だされ、ワシを思わせるきびしい表情《ひょうじょう》で、しずかにじっとうずくまり、紫《むらさき》色《いろ》の煙《けむり》をもくもくと立ちのぼらせていた。いつのまにか、わたしはねむりについてしまったが、そのときも、かれはそういうすがたですわっていた。

とつぜんのさけび声で、わたしが目をさましたときには、すでに夏の日の光が部屋にさしこんでいたが、ホームズはそのままの姿勢《しせい》ですわっていた。

かれはまだパイプをくわえていて、煙《けむり》はあいかわらず、立ちのぼっていた。部屋は、タバコのこい煙《けむり》でいっぱいだった。そして、わたしが昨夜見たシャグタバコの山は、すっかりあとかたもなく消えていた。

「おきてるかい、ワトスン」

と、ホームズは聞いた。

「うん」

「朝のドライブに行く気はないかい？」

「いいねえ」

「それなら、したくをして。まだだれもおきていないだろうが、うまや係の少年のいるところは知っているから、馬車はすぐに出してもらえるはずだ」

ホームズは、話しながらほくそ笑み、目は活気にみちてかがやいていた。昨夜の、暗くうちひしがれ、物思いにふけっていた人間とは、まるで別人のようだった。

わたしは服を着ながら、ちらっと時計を見た。だれもおきていないのも、あたりまえだ。四時二十五分であった。わたしの用意ができるやいなや、ホームズがもどってきて、少年が馬車の用意していることをつげた。

「ぼくは、自分のささやかな理論《りろん》をためしたいのだ」

と、かれは長靴《ながぐつ》をはきながらいった。

「ワトスン、きみは、ヨーロッパで一番まぬけ者の前にいるのさ。ぼくは、ここから[*16]チャリング・クロスまでけとばされたって、しかたがない。しかし、いまや事件解決《じけんかいけつ》のかぎを手に入れたのさ」

「というと、そのかぎはどこにあるのかい？」

と、わたしは笑いながらたずねた。

「浴室の中だ」

と、ホームズが答えた。

「ほんとうさ、じょうだんでいっているわけではないよ」

わたしのうたがわしそうな顔を見て、さらにホームズはつづけた。

「いま浴室へ行って、もってきたところさ。このグラッドストーン・バッグの中に入れてある。さあ、出かけるとしよう。ぼくのかぎが、かぎあなにぴったりと合うか、しらべてみよう」

なぞをとくかぎ

わたしたちは、できるだけしずかに階段《かいだん》をおりると、朝の太陽のかがやきの中へと出た。道にはすでに馬車が用意され、まだ服を着おわっていないう

グラッドストーン・バッグ　まん中《なか》からふたつにひらく、長方形《ちょうほうけい》の小《ちい》さな旅行《りょこう》かばん。

まや係の少年が、馬の頭をおさえて待っていた。

わたしたちは、馬車にとびのると、ロンドンへの街道をひた走りに走った。道すじで、ロンドンへ野菜を運ぶ農家の荷馬車を二、三見かけたが、道の両がわにつづく大邸宅《だいていたく》の家なみは、夢《ゆめ》の中に出てくる町のようにしんとしずまり、人の気配はまったくなかった。

「ある意味では、まったくきみょうな事件《じけん》だった」

ホームズは馬にむちをあてて、馬の速度を早めながらいった。

「正直いって、ぼくはもぐらと同じように、先がまったく見えなかったよ。しかし、どんなにわかるのがおそくたって、まったくわからないままというよりは、まだましだよ」

ロンドン市内に入り、サリー州がわの道を走りぬけるころ、早おきの人たちのねむそうな顔が、ようやく窓辺《まどべ》に見えはじめた。

[*17]ウォータールー橋通りを通ってテムズ川をわたり、[*18]ウェリントン街を一気に走りぬけ、右へ急にまがると[*19]ボウ街だった。

シャーロック・ホームズは、ここにある警察裁判所《けいさつさいばんしょ》でもよく知られており、入り口に立っていたふたりの警官《けいかん》があいさつをした。そしてそのうちのひとりが、馬の頭をおさえているあいだに、もうひとりがわたしたちを中へ案内してくれた。

「当直はだれかな?」

と、ホームズは聞いた。

「ブラッドストリート警部《けいぶ》です」

「やあ、ブラッドストリート、ごきげんよう」

ちょうどそのとき、背《せ》が高くて体格《たいかく》のよい警官《けいかん》が、前ひさしのある制帽《せいぼう》をかぶり、胸《むね》にかざりひものついた制服《せいふく》を着て、石だたみのろうかをやってきた。

「ブラッドストリート、ちょっと話したいことがあるのですがね」

「いいですとも、ホームズさん。こちらの、わたしの部屋へお入りくださ、

そこは事務室《じむしつ》のような小さな部屋で、机《つくえ》の上に大型《おおがた》の帳簿《ちょうぼ》がのってお

かべには電話機がかかっていた。警部《けいぶ》は、自分の机《つくえ》の前に腰《こし》をおろした。

「ご用というのをうかがいましょうか、ホームズさん」

「物ごいのブーンのことで、やってきたのです。ほら、リーのネビル・セントクレア氏が失そうしたときに、うたがいをかけられ、逮捕《たいほ》されている男ですよ」

「わかりました。あの男でしたら、さらにくわしく取りしらべるために、ふたたび拘留《こうりゅう》しました」

「それは知っています。それでは、ここにいますね？」

「独房《どくぼう》に入っています」

「しずかにしていますか？」

「そう、まったく世話がかかりません。しかしまあ、きたないといったらないですよ」

「きたないとは？」

「なんとか手はあらわせましたが、顔ときたらすみのようにまっ黒です。まあ、刑《けい》が確定《かくてい》すれば、刑務所《けいむしょ》の規則《きそく》にしたがって入浴させますがね。とにかく会ってみれば、わたしのいいぶんも、もっともだとお思いでしょう」

「ぜひとも、会ってみたいものです」

「そうですか。たやすいことです。こちらへいらしてください。かばんは置いていってもかまいませんよ」

「いや、これはもっていきたいですね」

「ではお好きになさって。こちらへおいでください」

警部《けいぶ》はろうかを進み、かんぬきのついたドアを開けると、らせん階段《かいだん》をおりていった。そして、両がわにドアがいくつもならんでいる白ぬりのろうかへと、わたしたちを案内した。

「右がわ三番目が、あの男です」

と、警部《けいぶ》はいった。

「さあ、こちらです！」

かれは、ドアの上部についている小窓《こまど》の羽目板を、しずかに開けた。

羽目板《はめいた》　板《いた》をならべてはったもの。

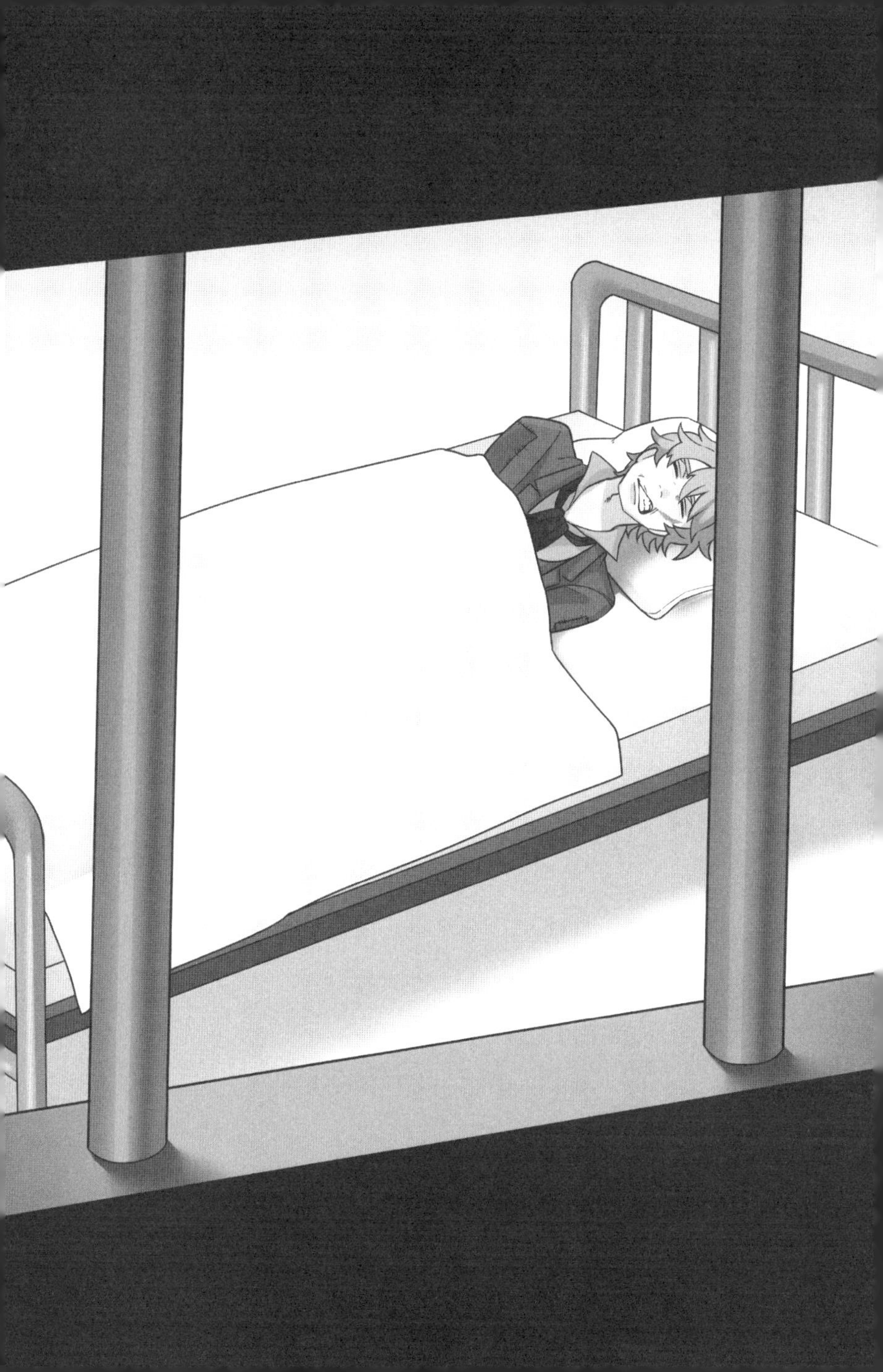

「ねむっていますか。ここから、よくごらんになれますよ」

と、警部《けいぶ》はいった。

わたしたちふたりは、一緒《いっしょ》に格子窓《こうしまど》から中をのぞいた。囚人《しゅうじん》は顔をわたしたちのほうに向け、ゆっくりとふかく息をしながら、よくねむっていた。中肉中背《にくちゅうぜい》で、その職業《しょくぎょう》にふさわしく、おそまつな服装《ふくそう》で、上着のやぶれ目からは、色つきのシャツがのぞいていた。

警部《けいぶ》もいっていたように、顔はよごれていたが、ぞっとするようなみにくい顔つきを、そのよごれで目だたなくすることはできなかった。目からあごへ、みみずばれになった大きな古い傷《きず》があった。そのために顔がひきつり、上くちびるの片《かた》がわは上にめくれ、そこから、いまにもかみつきそうな三本の歯が見えた。そして、燃《も》えるようなぐしゃぐしゃの赤い髪《かみ》が、ひたいから目にかぶさっていた。

変身するヒュー・ブーン

「たいへんなキレイさでしょう?」

と、警部《けいぶ》はいった。

「たしかに、これはあらってあげる必要がありますね」

と、ホームズはいった。

「こういうことになるのではと思いまして、勝手でしたが、道具を持参しています」

ホームズはそういうと、グラッドストーン・バッグを開けた。すると、おどろくではないか、中からひじょうに大きい、浴用の海綿《かいめん》が出てきたのだ。

「いや、いや、あなたはじつにおもしろい方だ」

警部《けいぶ》はくすっと笑った。

「そう、もしそのドアを、できるだけしずかに開けていただければ、われわ

海綿《かいめん》
海綿動物《かいめんどうぶつ》の骨格《こっかく》。小《ちい》さなあなが多《おお》く、水《みず》をよくすうので、文房具《ぶんぼうぐ》や化粧用《けしょうよう》に使《つか》った。現《げん》在《ざい》は化学製品《かがくせいひん》のスポンジで代用《だいよう》されることが多《おお》い。

れは、この男をすぐにいまよりも、ぐんとすばらしいすがたにして、ごらんにいれますよ」

「どうぞ、ご自由になさってください。この男をこのままにしておくのは、ボウ街の独房《どくぼう》のはじですからね」

警部《けいぶ》は、そういいながらかぎをさしこみ、われわれは、できるだけしずかに独房《どくぼう》の中へ入った。ねむっている男は、からだの向きをかえたが、すぐにふたたび、ふかいねむりについた。

ホームズは、腰《こし》をかがめて、水がめの水を海綿《かいめん》にふくませると、囚人《しゅうじん》の顔を横とたてに二回、強くこすった。

「さあ、ご紹介《しょうかい》いたします。こちらにおいでの方は、ケント州リーにお住まいの、ネビル・セントクレア氏です」

と、ホームズは大声でいった。

わたしはいままでに一度も、このような光景を見たことはなかった。海綿《かいめん》でこすると、男の顔は、まるで木の皮をはぐようにむけてしまったのだ。

うすよごれた、はだの茶色は消え失せていた！　それとともに、顔を横切るようについていたおそろしい傷《きず》あとのせいで、ぶきみなあざけり笑いをつくりだしていた、ねじれたくちびるもなくなっていた！　そして、ぐしゃぐしゃの赤毛も、すっぽりとぬきとられてしまっていた。そこには黒ぐろとした髪《かみ》の、皮ふもなめらかな、青白く、ものがなしい顔つきの上品な男があらわれたのだった。

かれはおきあがって、ねむそうな目をこすり、きょとんとした顔であたりを見まわしながら、ベッドの上にすわっていた。次の瞬間《しゅんかん》、かれは自分の正体があらわれてしまったことを知り、さけび声をあげてたおれ、枕《まくら》に顔をうずめてしまった。

「しんじられん！　なんとしたことだ。行方不明《ゆくえふめい》の男だ。写真で見たのと同じだ」

と、警部《けいぶ》はさけんだ。

囚人《しゅうじん》のほうは、ひらきなおって、もうどうでもいいという態度《たいど》で、くってかかってきた。

「そういうことだと、わたしはなんでつかまっているんです？」

「ネビル・セントクレア氏殺害《さつがい》の容疑《ようぎ》だが……いや、それはむりだ。自殺《じさつ》をくわだてた者にたいする罪でもあれば、話はべつだが」

警部《けいぶ》はそういうと、にやりと笑った。

「とにかく、二十七年も警察《けいさつ》にいますが、こんな、なみはずれた話は、はじめてです」

「もしわたしが、ネビル・セントクレアだということになれば、犯罪《はんざい》が行われなかったことはたしかです。ではわたしは、不法に拘留《こうりゅう》されていることになりますね」

「犯罪《はんざい》は行われませんでしたが、ひじょうに大きなあやまちが行われました」

と、ホームズはいった。

「奥《おく》さまをもっと信頼《しんらい》なさっていれば、このような事態《じたい》はおこらなかったはずです」

「妻《つま》ではなく、子どもたちが問題でした」

うめくように、囚人《しゅうじん》はつぶやいた。

「ああ、どうしたらいいのだ。わたしは、なんとしても子どもたちに、父親のことではずかしい思いはさせたくなかったのです。ああ、もうだめだ。こんなことになってしまって！ どうしたらいいのだ」

シャーロック・ホームズは、囚人《しゅうじん》とならび、ベッドに腰《こし》をおろすと、その肩《かた》をやさしくたたいた。

「もし、法廷《ほうてい》に今回の事件《じけん》をまわせば、あなたの秘密《ひみつ》が世間に知れわたることは、さけられません。しかしです。あなたが警察《けいさつ》に事情《じじょう》をよく説明なされば、今回の事件《じけん》が、くわしく新聞にのるようなことにはならないでしょう。あなたがすべてをお話しになれば、ブラッドストリート警部《けいぶ》が供述書《きょうじゅつしょ》をつくり、関係当局へ提出《ていしゅつ》します。そうすれば、この事件《じけん》が裁判《さいばん》にかけられるようなことにはならないはずです」

「ああ、助かった」

囚人《しゅうじん》は、感激《かんげき》のあまりさけんだ。

「わたくしのみじめな秘密《ひみつ》があばかれ、家のはじとなって、子どもたちにふりかかるくらいなら、いっそ監獄《かんごく》につながれたままのほうが、いえ、それどころか、死刑《しけい》になったほうが、ましなくらいです」

真相を語るヒュー・ブーン

「わたしが自分の身の上話をするのは、あなたがはじめてです。父はチェスター[*20]フィールドで校長をしていましたので、そこでわたしは、きちんとした教育をうけました。若《わか》いころは旅をしたり、しばいの舞台《ぶたい》に立ったこともあります。最後は、ロンドンの夕刊《ゆうかん》の記者になりました。

ある日のことです。編集長《へんしゅうちょう》が、ロンドンの物ごいについて、シリーズの記事をのせたがっていましたので、わたしはその仕事をすすんで引きうけました。ここから、わたしの冒険《ぼうけん》の第一歩がはじまったのです。

わたしは、その記事を書くためには、自分も素人《しろうと》物ごいになってみるしかないと思いました。役者をやっていたこともありましたから、当然のことですが、メイクアップは、お手のものです。なかなかの腕《うで》で、当時は楽屋でもかなり評判《ひょうばん》をとったものです。そこでわたしは、この特技《とくぎ》を活用したというわけです。

まず顔をぬり、次にできるだけみじめに見えるように、大きな古傷《ふるきず》をつくり、はだ色の小さいばんそうこうで、くちびるの片方《かたほう》をねじりあげて、はりつけました。それから赤毛のかつらをつけて、物ごいらしいぼろの服をまとい、マッチ売りをよそおって、シティのうちでも、もっともにぎやかな場所で開業しました。

七時間、いっしょうけんめいに商売をして、夕方、家にもどり、かせぎが二十六シリングと四ペンスもあることを知って、それはおどろきました。

わたしは記事をしあげると、それっきりこのことは、ほとんどわすれかけていました。ところが、しばらくあとのことです。友人の借金の保証人《ほしょうにん》としてサインしてしまったために、二十五ポンドの支払《しはら》い命令をうけたのです。

どうやってその金を都合したものかと、考えあぐねていたときに、とつぜんあることを思いついたのです。わたしは、債権者《さいけんしゃ》には二週間待ってもらうようにたのみ、つとめ先を休むと、変装《へんそう》して、シティで物ごいをはじめたのです。そして十日のうちに、必要な金はくめんでき、借金をすっかり返済《へんさい》することができました。

その後、わたしが週二ポンドばかりの給料であくせくはたらくことが、どんなにいやになったかは、ご理解《りかい》いただけると思います。なんといっても、顔にちょっとメイクをして、帽子《ぼうし》を地面に置き、ただすわっているだけで、それくらいの金を、一日でかせぐことができるのですから。

名誉《めいよ》を取るか金を取るかで、わたしも長いあいだなやみました。しかし、結局は金のほうが勝利をおさめ、わたしは記者の仕事をすて、最初にえらんだ横丁にじんどって、うす気味の悪い顔で、同情《どうじょう》をさそいながら、ポケットを銅貨《どうか》でうめていったのです。

わたしの秘密《ひみつ》を知っているのは、ただひとりでした。わたしが下宿していた、スウォンダム・レインの、アヘン窟《くつ》の経営者《けいえいしゃ》です。わたしはそこから、毎朝むさくるしい物ごいすがたで出かけ、夕方には、そこで都会の身なりのよい男に変身して、家へ帰ったのです。

この水夫あがりのインド人には、部屋代をたっぷり払《はら》っていましたので、男からわたしの秘密《ひみつ》がもれるということは、考えられません。

こうして、わたしはたちまちのうちに、かなりの貯金《ちょきん》ができました。ロンドンのどの物ごいもが、年に七百ポンドもかせぐというわけではありませんが、わたしの平均年収《へいきんねんしゅう》は、これを上まわっていました。

というのも、メイクはじょうずだし、気のきいた受け答えができるという、特技《とくぎ》があったからです。このやりとりは、なれてくるといっそう上達し、わたしはシティでは有名になりました。銅貨《どうか》の中に、ときおり銀貨《ぎんか》さえまじり、雨のように、一日じゅうわたしにふりそそぐのです。よほど悪い日でなければ、日に二ポンドかせげないということは、ありませんでした。

金持ちになるにしたがい、わたしはしだいに野心をいだくようになり、郊《こう》外《がい》に屋敷《やしき》を買い、ついには結婚《けっこん》までしたのです。しかし、わたしの本職《ほんしょく》についてうたがう者は、だれもいませんでした。わたしのいとしい妻《つま》は、わたしがシティで仕事をしていることは知っていました。けれども、仕事がなんなのかについては、少しも知りません。

この前の月曜日のことです。その日の仕事を終わり、アヘン窟《くつ》の上の部屋で、着がえをしていたときです。ふと窓《まど》の外をながめますと、もう、ふるえあがるほどおどろきました。なんと、妻《つま》が通りに立ち、わたしをじっと見つめているではありませんか。

わたしは思わずさけび声をあげ、両手をあげて顔をかくしました。そして、信頼《しんらい》できるなかまである、水夫あがりのインド人のところへ走っていき、だれがきても、わたしのところへはあげないようにたのみました。

階段《かいだん》の下からは、妻《つま》の声が聞こえましたが、のぼってはこられないだろうと思いました。それで、わたしはいそいで服をぬぐと、物ごいのぼろ衣装《いしょう》に着がえ、メイクアップをして、かつらをつけました。妻《つま》の目でさえ見やぶることはできないほど完ぺきな変装《へんそう》だと、自信をもっていました。

しかし、そうしているうちに、もし部屋の中を捜査《そうさ》されれば、衣服から自分の正体がばれてしまうのではないかと心配になってきました。あわてて窓《まど》を乱暴《らんぼう》に開けたので、その朝、自宅の寝室《しんしつ》でつくった指の小さな傷口《きずぐち》が、また開いてしまいました。

それから上着をつかむと、窓《まど》の外へ放り投げました。かせいだ小銭《こぜに》を入れる皮ぶくろからうつした銅貨《どうか》で、そのポケットは重くなっていましたから、上着はみるみるうちにテムズ川に消えていきました。

引きつづき、残りの衣類も投げこむつもりでしたが、そのとき巡査《じゅんさ》たちが階段《かいだん》をかけあがってきました。そして二、三分後には、ネビル・セントクレアと見やぶられるかわりに、かれを殺《ころ》したとして、逮捕《たいほ》されました。しかし、正直にいいますと、わたしはむしろほっとしました。

もうほかには、なにもご説明することはありません。できるかぎり、変装《へんそう》のままでおしとおそうと決意しましたので、顔はよごれたままにしておきたかったのです。

しかし、妻《つま》がひどく心配するだろうと思いまして、おそれる必要はないというメモを、走り書きしました。そして指輪をはずして同封《どうふう》し、巡査《じゅんさ》のすきを見て、水夫あがりのインド人にそっとわたし、発送してくれるようにたのみました」

「そのメモは、やっと昨日、奥《おく》さまの元へとどきました」

と、ホームズがいった。

「なんですって！　それなら、妻《つま》は一週間ものあいだ、どんなに心配したことでしょう！」

「警察《けいさつ》は、あの、元水夫のインド人を見はっていましたからね」

と、ブラッドストリート警部《けいぶ》がいった。

「ですから、かれが警察《けいさつ》に見つけられずに手紙を投函《とうかん》するのは、むずかしかったと思いますね。おそらく、店のなじみ客の水夫にでもたのんだのだが、たのまれたほうは、それを数日、すっかりわすれてしまったのでしょうね」

「そうですね」

と、ホームズは賛成《さんせい》してうなずいた。

「たしかに、それにまちがいありません。それにしても、あなたは物ごいをしていて、うったえられたことは、ありませんでしたか？」

「何回もありました。しかし、罰金《ばっきん》など、目ではありませんよ」

「しかし、今度という今度は、やめてもらわねば」

と、警部《けいぶ》がいった。

「警察《けいさつ》がこの事件《じけん》をなかったことにするためには、ヒュー・ブーンは、いてもらってはこまるのです」

「絶対《ぜったい》にそうすることを、かたくちかいます」

「それでは、おそらくこの事件《じけん》は、これ以上ふかく追及《ついきゅう》せずにすむでしょう。しかし、もう一回きみがこのようなことをすれば、そのときには、すべて発表することとなる。

ところでホームズさん、この事件《じけん》が解決《かいけつ》できたのは、あなたのおかげです。どうして真相がわかったのか、知りたいですな」

「この真相は、クッションを五つあつめた上にすわって、三十グラムのシャグタバコをふかしながら見つけました」

と、わたしの友はいった。

「さてと、ワトスン、いまから馬車でベイカー街へとばせば、朝食の時間にまにあうだろうと思うね」

オレンジの種五つ

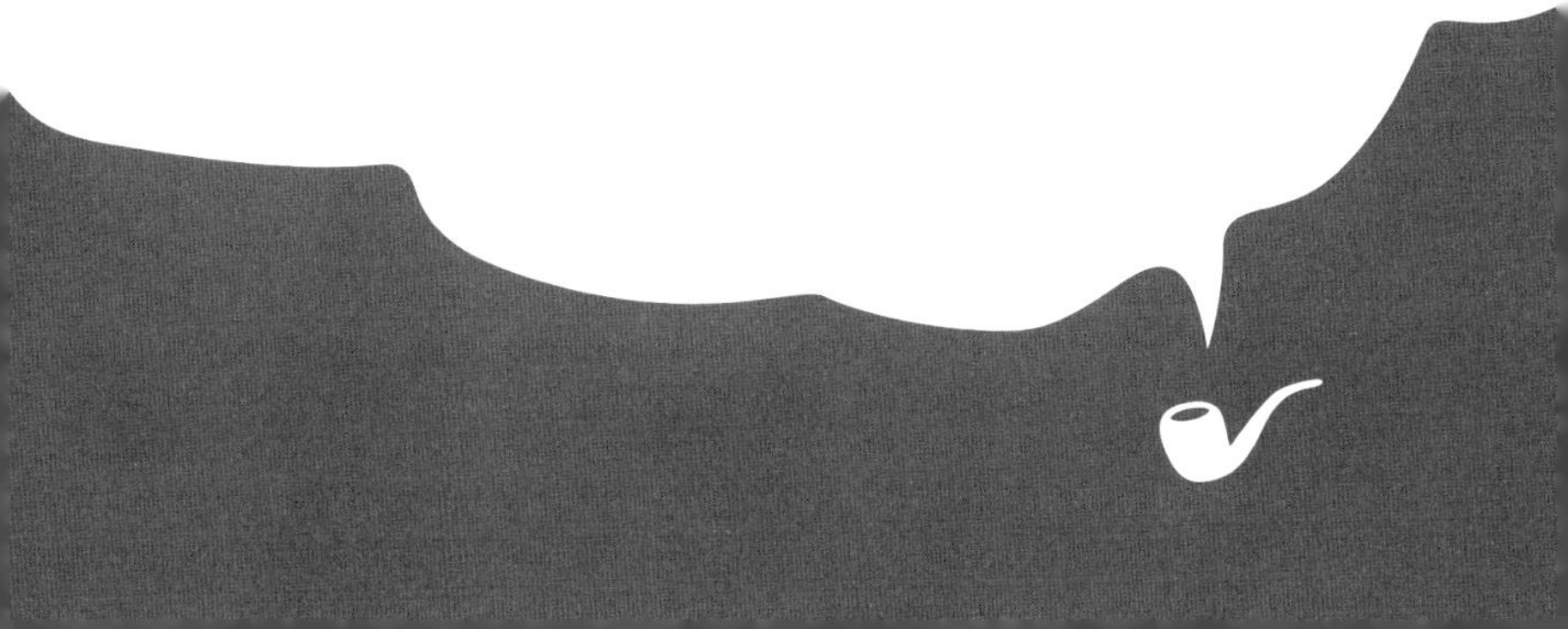

嵐《あらし》の中をやってきた依頼人《いらいにん》

一八八二年から一八九〇年にかけての、シャーロック・ホームズのかつやくを記録した、わたしの事件簿《じけんぼ》をひもとくと、きみょうで、興味深《きょうみぶか》そうな事件《じけん》が多く、どれを取りあげ、どれを発表するかを決めるのは、かんたんなことではない。

しかし、事件《じけん》によっては、新聞ですでに世の中に知れてしまっているものもある。また、ある事件《じけん》は、わたしの友人のたぐいまれでとくべつな才能《さいのう》が発揮《はっき》されないうちに解決《かいけつ》してしまったため、わたしの目的にはそぐわないものである。また、いくつかの事件《じけん》は、かれの推理《すいり》の力もおよばずに、事件《じけん》の結論《けつろん》が出ず、物語としては成り立たないものであった。

そうかと思うと、ある部分だけしか解決《かいけつ》できず、かれがなによりも大切にしている、完ぺきな論理的証明《ろんりてきしょうめい》ではなく、憶測《おくそく》と推量《すいりょう》だけしか説明できない事件《じけん》もある。

しかし、この最後の部類に入る次の事件《じけん》は、細かい点がきわめてめずらしく、結末がひじょうにおどろくべきものであったので、二、三の点については、完全な解決《かいけつ》がされていないし、おそらく永遠《えいえん》に解明《かいめい》されることはないだろうと思うが、ここにそのあらましを紹介《しょうかい》しようと思う。

一八八七年という年には、わたしたちは、興味《きょうみ》あるもの、それほどではないものと、さまざまな事件《じけん》に出会った。わたしは、それらをすべて記録している。

この一年間におきた事件名《じけんめい》は、「パラドールの部屋」の事件《じけん》や、「家具問屋の地下にごうかなクラブをかまえていた『素人《しろうと》物ごいクラブ』」の事件《じけん》、「消えた英国《えいこく》の三檣帆船《さんしょうはんせん》ソフィー・アンダーソン号」の事件《じけん》、「ウファ島でのグリス・パタスン一家の奇怪《きかい》な冒険《ぼうけん》」、それに「カンバーウェル毒殺事件《どくさつじけん》」などである。

この「カンバーウェル毒殺事件《どくさつじけん》」で、シャーロック・ホームズは、死んだ

「パラドールの部屋《へや》」の事件《じけん》
「語《かた》られざる事件《じけん》」と呼《よ》ばれ、事件名《じけんめい》しか出《で》てこないので、内容《ないよう》はわからない。これにつづく四つの事件《じけん》も、「語《かた》られざる事件《じけん》」である。

三檣帆船《さんしょうはんせん》
三本《さんぼん》マストの船《ふね》の一種《いっしゅ》。

男の時計のねじを巻《ま》いてみて、それが二時間前に巻《ま》かれたものであるから、被害者《ひがいしゃ》がベッドに入ってから二時間以上はたっていないということを証明《しょうめい》した。この推理《すいり》が事件解決《じけんかいけつ》に大いに役立ったことは、まだ記憶《きおく》されている方も多いだろう。

これらの事件《じけん》については、いずれ機会を見て、紹介《しょうかい》してもよいと思っている。しかし、いまからわたしが筆をとろうとするきみょうな事件《じけん》ほど、異様《いよう》な内容《ないよう》をもったものは、ほかにはない。

九月も下旬《げじゅん》の、秋分の強い風が、いつになくはげしくふきはじめたころのできごとであった。風は一日じゅううなり声をあげ、雨は強く窓《まど》をうっていた。巨大《きょだい》な人工都市、ロンドンの中央にいるわれわれも、しばし日常《にちじょう》生活の単調さをわすれた。そして、まるでおりの中にとじこめられた野獣《やじゅう》のように、文明という鉄格子《てつごうし》のあいだから、人類にほえつく大自然の力の偉大《いだい》さを、感じないわけにはいかなかった。

日がくれるころには、嵐《あらし》はいっそうはげしくふきあれ、風はえんとつの中で、子どものように、わめいたり泣いたりしていた。

シャーロック・ホームズはといえば、暖炉《だんろ》の片《かた》がわにふきげんな顔ですわり、犯罪記録簿《はんざいきろくぼ》に、総合《そうごう》さくいんをつける仕事をしていた。わたしは暖炉《だんろ》の反対がわで、[*21]クラーク・ラッセルのおもしろい海洋小説に読みふけっていた。

そうこうしているうちに、外の嵐《あらし》のさけび声が、小説の文章と入りまじり、はげしい雨の音が、海の荒波《あらなみ》のくだけるひびきにも思えてきた。わたしの妻《つま》は、おばのところへ行ったので、わたしは二、三日だけ、ベイカー街の古巣にもどっていたのだった。

「おや、あれはベルの音にちがいない。こういう夜に、だれがきたのかな？きっと、きみの友だちだね？」

と、わたしは顔をあげて、ホームズを見ながらいった。

「きみのほかには、ぼくには友だちなどいないさ。それに、客をまねくようなことはしないからね」

と、ホームズはいった。

「とすれば、依頼人《いらいにん》かな」

「もしそうなら、重大な事件《じけん》にちがいないね。そうでなければ、こういう日の、こういう時刻《じこく》に、わざわざたずねてくるわけがないよ。まあ、下宿の女主人のところにきた、友だちという気がするね」

しかし、シャーロック・ホームズのこの推測《すいそく》は、あたらなかった。しばらくすると、ろうかに足音が聞こえ、ドアをノックする音がした。ホームズは長いうでをのばし、ランプを自分のそばから、客をすわらせるいすのほうへとうつした。

「どうぞ！」

と、かれはいった。

入ってきたのは二十二歳《さい》くらいの若者《わかもの》で、身なりもととのい、しゃれた服《ふく》装《そう》で、態度《たいど》も上品で洗練《せんれん》されていた。手にしたかさからは水が流れおち、長いレインコートは、ぬれて水で光っていたので、外の嵐《あらし》のすさまじさが、手に取るようにわかった。

ランプのまぶしい光の中で、男は不安げにまわりを見わたした。その顔は青く、目ははれあがり、なにか重大な心配ごとで、気が落ちこんでいるようであった。

「どうも、もうしわけございません」

　金ぶちの鼻めがねをかけながら、男はいった。

「おじゃまではありませんか。せっかく気持ちよくおくつろぎの部屋へ、嵐《あらし》を運んできた気がいたします」

「コートとかさは、こちらへどうぞ」

　とホームズはいった。

「ここにかけておけば、すぐにかわきます。南西部方面から、おいでになられたようですね」

「はい、[*22]ホーシャムからまいりました」

「あなたの靴《くつ》の先についている、ねんどと[*23]白亜《はくあ》が混同《こんどう》しているどろは、その地特有のものですからね」

鼻《はな》めがね
耳《みみ》にかけるつるがなく、鼻《はな》の根元《ねもと》にはさんでかけるめがね。

「わたしは、ご意見をうかがいにまいったのです」

「お安いご用です」

「助けていただきたいのです」

「それは、かんたんなこととは、いいがたいかもしれませんね」

「ホームズさん、あなたの名声は、うかがっております。プレンダガスト少佐から、タンカビル・クラブのスキャンダル事件《じけん》で、あなたに助けていただいた話をうかがいました」

「ああ、あの事件《じけん》のことですか。少佐は、カードでいかさまをしたといって、あらぬうたがいをかけられていましたからね」

「少佐は、あなたなら、どのような事件《じけん》も解決《かいけつ》できると、おっしゃっていました」

「それは過分《かぶん》のおことばです」

「失敗したことのないお方というお話でした」

「失敗は四回あります――男で三回、女で一回です」

カード
日本《にほん》でトランプと呼《よ》ぶゲーム用《よう》のカードのこと。

「しかし、成功なさった数からみれば、問題にはなりませんでしょう」

「ほとんどのケースで成功しているということは、まちがいありません」

「とすれば、わたしのばあいも成功なさるでしょう」

「それでは、いすを火のほうによせてから、あなたの事件《じけん》について、くわしく話していただきましょうか」

「これは、ふつうの事件《じけん》ではありません」

「わたしのところにもちこまれる事件《じけん》に、ふつうのものはありません。わたしは*24最終控訴院《さいしゅうこうそいん》のようなものなのです」

「しかし、あなたがどれほどゆたかな経験《けいけん》をもっておられるとしても、わが家に連続的におこったできごとほど、ふしぎで不可解《ふかかい》な事件《じけん》を、お聞きになったことはないと思います」

「そのようにうかがうと、興味《きょうみ》がわきますね」

　と、ホームズはいった。

「どうぞ、はじめから、おもなできごとについて、お話しください。のちほど、とくに重要と思われる点につきましては、くわしくおたずねしましょう」

若者《わかもの》はいすをひきよせ、ぬれた足を暖炉《だんろ》の火にかざした。

「わたしはジョン・オウプンショウともうします」

と、かれは語りはじめた。

「しかし、わたしが思いますには、このおそろしい事件《じけん》とわたし自身は、あまり関係がないようです。これは先祖《せんぞ》伝来の問題ですので、事情《じじょう》をよくご理《り》解《かい》いただくために、そもそもの、ことのおこりにさかのぼり、ご説明しなければなりません。

わたしの祖父《そふ》には、ふたりのむすこがありましたことを、まず知っていただかねばなりません。わたしのおじにあたるイライアスと、父のジョウゼフです。父はコベントリー[*25]で小さな工場を経営《けいえい》していましたが、自転車が発明されたおりに、大きく発展《はってん》しました。父はオウプンショウ印の、パンクしないタイヤの特許権《とっきょけん》をもっていました。事業がうまくいきましたので、その特《とっ》許権《きょけん》を売り、かなりの財産《ざいさん》をこしらえて、引退《いんたい》することができました。

おじのイライアスは、若《わか》いときにアメリカへ移住《いじゅう》し、[*26]フロリダで農園主となり、ひじょうに成功したということでした。そして、南北戦争のときには、南軍のジャクスン将軍《しょうぐん》の部隊で戦い、そののちにはフッド将軍《しょうぐん》の元で、大佐にまで出世しました。総指揮官《そうしきかん》のリー将軍《しょうぐん》が降伏《こうふく》すると、おじは農園にもどり、その後三、四年間、そこでくらしました。

しかし、一八六九年か一八七〇年ごろ、ヨーロッパにもどってきて、[*27]サセックス州のホーシャムの近くに、小さな屋敷《やしき》を手に入れました。おじは、アメリカでかなり財産《ざいさん》をつくりあげました。しかし、そのアメリカをはなれたのは、アフリカ系アメリカ人がきらいで、かれらに市民権《しみんけん》をあたえた共和党《きょうわとう》の政策《せいさく》に、腹《はら》を立てたためです。

おじは変人で、気性《きしょう》があらく、かっとしやすくて、おこるとひじょうに口が悪くなるうえに、ひどく交際《こうさい》ぎらいな人でした。ホーシャムに住んでいた数年間にも、町へ出たことなど、一度もないのではないかと思うほどです。屋敷《やしき》のまわりに、庭と二、三の畑をもっていたので、よくそこで運動をして

南北戦争《なんぼくせんそう》
一八六一年《ねん》〜一八六五年《ねん》に、アメリカの北《ほく》部《ぶ》諸州《しょしゅう》と南部諸州《なんぶしょしゅう》が、利害《りがい》の対立《たいりつ》からおこした戦争《せんそう》。北部《ほくぶ》が勝《か》ち、どれい制《せい》は廃止《はいし》された。

共和党《きょうわとう》
共和党《きょうわとう》は、民主党《みんしゅとう》とならぶ、アメリカ合衆《がっしゅう》国《こく》の政党《せいとう》。一八五四年《ねん》に発足《ほっそく》。おもな支持者《しじしゃ》は、高所得者《こうしょとくしゃ》と農民《のうみん》で、民主党《みんしゅとう》よりも保守的《ほしゅてき》だといわれる。

いましたが、何週間ものあいだ、ずっと部屋から一歩も出ないことも、しばしばでした。

ブランデーは大量に飲みますし、タバコも多くすうのですが、人とのつきあいは大きらいでした。友人はつくろうともしませんし、自分の弟にも、めったに会いたがりません。

しかし、おじは、わたしのことだけはいやがらず、ひじょうに気にいってくれていました。おそらく、はじめて会ったとき、まだ十二歳《さい》かそこらの子どもだったからだと思います。

あれはたしか、一八七八年のことでしたから、おじがイングランドへもどってきて、八、九年たったころのことです。おじは、父にたのみ、わたしをひきとって、一緒《いっしょ》にくらすことになりました。おじはおじなりの方法で、わたしをとてもかわいがってくれました。酒を飲んでいないときには、いつでもわたしと一緒《いっしょ》に、[*28]バックギャモンやチェッカーをやるのが大すきでした。

使用人や出入りの商人の相手は、いつでもわたしに代理をつとめさせまし

チェッカー
赤《あか》と黒《くろ》の、碁盤《ごばん》もようになった板《いた》の上《うえ》で、コマを動《うご》かしてふたりで遊《あそ》ぶゲーム。

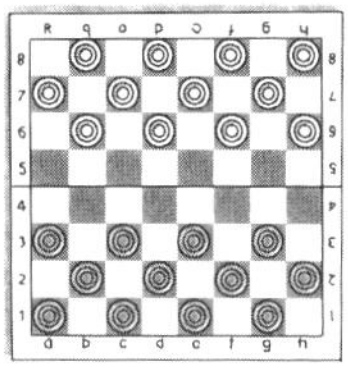

たので、わたしは十六になったときには、ほとんど屋敷《やしき》の主人同様になっていました。わたしはすべてのかぎをあずかり、おじのプライバシーをおかさないかぎりは、屋敷《やしき》の中のどこへでも行きたいところへ行き、やりたいことをすることができました。

しかしながら、ただひとつだけ、へんな例外がありました。屋根裏《やねうら》にひとつだけ、いつでもかぎのかかっている物置部屋があり、おじは、わたしも、ほかのだれをも、その中にけっして入れさせませんでした。わたしは少年によくある好奇心《こうきしん》から、かぎあなをのぞいてみたことがありますが、物置部屋によくあるような、古いトランクや荷物のたばなどが、ごたごたとあるのが見えるだけでした」

インドからのあやしい手紙

「ある日、あれは、一八八三年三月のことでした。外国切手をはった手紙が一通、おじのテーブルの皿の前に置いてありました。支払《しはら》いはすべて現金《げんきん》でしておりますし、友人といえるような人もありませんので、手紙がくるということは、ひじょうにめずらしいことでした。

『インドからだ！』

おじはそういいながら、手紙を取りあげました。

『ポンディシェリ[*29]の消印がついている！　なんだというのだ？』

おじが封《ふう》をいそいで切ると、中から、乾燥《かんそう》した小さな五つぶのオレンジの種がとびだし、ぱらぱらとおじの皿の上にこぼれ落ちたのです。

わたしはそれを見て、思わず笑いだすところでしたが、おじの顔を見たとたん、笑いをのみこんでしまいました。おじは、くちびるがだらりと下がり、目はとびだし、顔色はパテのようにまっ白でした。そして、ふるえる手で、もっていた封筒《ふうとう》をにらみつけながら、『K《ケー》・K《ケー》・K《ケー》だ！　ああ、どうしたことだ！　ああ、ついに罪《つみ》のむくいがきたのだ！』と金切り声をあげました。

『どうしましたか、おじさま？』

わたしはさけびました。

『死だ』

おじはそういうと、食卓《しょくたく》からはなれ、おそろしさに身ぶるいしているわたしを置いて、自分の部屋に行ってしまいました。

わたしが封筒《ふうとう》を取りあげてみますと、封筒《ふうとう》の折り返した、のりをつける部分のすぐ上に、K《ケー》という字が三個《こ》、赤インクでなぐり書きしてありました。そのほかには、乾燥《かんそう》したオレンジの種が五つぶ入っているだけで、封筒《ふうとう》の中には、なにも入っていませんでした。

いったいなぜ、おじはあのようにすさまじい恐怖《きょうふ》を、しめしたのでしょうか？　わたしは不審《ふしん》に思いながら、朝食のテーブルをはなれて、階段《かいだん》をのぼっ

パテ
石灰石《せっかいせき》、カッ石《せき》、セッコウなどを、油《あぶら》でねってつくった粘性《ねんせい》のある物質《ぶっしつ》。ガラス板《いた》を、窓《まど》わくに固定《こてい》するときなどに使《つか》われていた。

ていきました。そしてそのとちゅうで、おじに出会いました。手には、あの屋根裏《やねうら》部屋のものと思われる、古いさびたかぎを、もう一方の手には、しんちゅうの手さげ箱をもっていました。

『やつらがやるなら、やってみるがいい。こっちにだって、手だてはあるぞ!』

おじはののしり声をあげたのち、わたしにいいました。

『メアリに、わしの部屋に、今日は火がほしいといっておくれ。そのあと、ホーシャムにいる、弁護士《べんごし》のフォーダムを呼《よ》びにやってほしい』

わたしは、いわれたとおりにしました。

弁護士《べんごし》がやってくると、わたしもおじの部屋へ呼《よ》ばれました。そこには火がいきおいよく燃《も》えており、暖炉《だんろ》の中には、紙を焼いたと思われる、黒くてやわらかい灰《はい》のかたまりがありました。

その近くには、ふたが開いたままの、先ほどのしんちゅうの小箱が、からになって置いてありました。その小箱のふたにも、今朝の封筒《ふうとう》に書かれていたのと同じ、K《ケー》の活字体の文字がみっつ、しるされているのを見て、わたしはびっくりしました。

『ジョン、おまえにわたしの遺言《ゆいごん》の、証人《しょうにん》になってもらいたいのだよ』

と、おじはいいました。

『わたしの財産《ざいさん》は、この屋敷《やしき》も、そこからの利益《りえき》も損失《そんしつ》も、すべて弟、つまりおまえの父親に残したい。ということは、つまり、いずれはおまえが相続するということになるわけだ。おまえがこの恩典《おんてん》をぶじに維持《いじ》できるなら、それはじつにいいことだ。しかし、もしそうはいかないとわかったならば、執念深《しゅうねんぶか》い敵《てき》にやってしまうがよかろうと、わたしは忠告《ちゅうこく》しておく。

このような、両刃《もろは》の剣《つるぎ》のような財産《ざいさん》を、おまえに残すのはもうしわけないが、事態《じたい》がどう展開《てんかい》するかは、わたしにもわからない。さあ、フォーダムさんがいうとおりに、書類にサインしなさい』

いわれたとおりに、わたしが書類にサインをしますと、弁護士《べんごし》はそれをもちかえりました。もちろん、よくおわかりとは思いますが、このきみょうな

恩典《おんてん》　情《なさ》けのある対応《たいおう》。有利《ゆうり》なあつかい。

両刃《もろは》の剣《つるぎ》　両方《りょうほう》のふちに刃《は》がついている刀《かたな》。相手《あいて》を傷《きず》つけようとすると、自分《じぶん》も傷《きず》ついてしまうことがあることから、一方《いっぽう》では役立《やくだ》つが他方《たほう》では危険《きけん》を伴《ともな》うもののたとえ。

できごとはわたしの心にふかく焼きつきました。わたしはこのことを思いだしては、あれこれと思いをめぐらせましたが、なんのことなのか、いっこうに理解《りかい》できませんでした。それなのに、なにかばく然とした恐怖《きょうふ》におそわれ、それをふりきることができなかったのです。

そうこうするうちに、その恐怖心《きょうふしん》もしだいにうすれ、単調な日常《にちじょう》生活がみだされるようなできごとは、なにもおこりませんでした。しかし、おじがかわったことだけは、わたしにはよくわかりました。おじは、いままでにもまして酒を飲み、人との交際《こうさい》を、よりいっそうさけるようになったのです。いつでも自分の部屋にとじこもり、ドアにはかぎをかけていました。

しかし、ときおりよっぱらい、正気を失ったようになって、部屋を出てくることもありました。そして屋敷《やしき》からとびだし、手にはピストルをもち、庭を走りまわりながら、

『わたしには、こわいものなどない。おりの中の羊のように、とじこめられたままなどまっぴらだ。人間だろうが、悪魔《あくま》だろうが、くるならきてみるが

いい』

というようなことを、わめきちらすのでした。

しかし、こういう強烈《きょうれつ》な発作がおさまると、心の奥底《おくそこ》にある恐怖《きょうふ》に、それ以上は立ち向かうこともできなくなってしまうようでした。そそくさと自分の部屋に入りこむと、中からかぎをかけ、かんぬきをおろしてしまうのです。そういうときのおじの顔は、寒い日でも、たったいま洗面器《せんめんき》から顔をあげたように、あせでぬれていました」

不審《ふしん》なおじの死

「ホームズさん、さぞかしご退屈《たいくつ》なさったことでしょうから、この問題はこの辺にいたします。

ある夜のこと、おじはいつものように、よっぱらって屋敷《やしき》をとびだし、そのままもどってまいりませんでした。みんなでさがしに出てみますと、庭のすみにある、緑色のもが表面をおおった小さな池で、水面に顔をふせて死んでおりました。

暴行《ぼうこう》されたようすは、なにもありませんでした。池のふかさは、六十センチメートルほどしかありませんでしたし、おじはかわり者として知られていたということもありまして、陪審員《ばいしんいん》は、自殺《じさつ》という判定《はんてい》をくだしました。しかし、おじは、考えただけで身ぶるいするほど死をおそれていたことを、わたしは知っています。ですから、おじが自分から死をえらぶとは、とてもしんじられません。

しかし、とにもかくにも、この事件《じけん》はこれでかたがつき、わたしの父は、おじの不動産と、約一万四千ポンドほどの銀行預金《よきん》を相続することになったのです」

「少しお待ちください」

陪審員《ばいしんいん》　国民《こくみん》の中《なか》から一定《いってい》の数《かず》だけえらばれ、事件《じけん》の事実関係《じじつかんけい》や犯罪《はんざい》について、意見《いけん》をのべる人《ひと》のこと。裁判官《さいばんかん》は、陪《ばい》審員《しんいん》の意見《いけん》を聞《き》いて刑《けい》をいいわたす。

ホームズは口をはさんだ。

「どうやら、あなたのお話は、わたしがいままでに聞いたうちでも、もっともおどろくべきもののひとつになりそうですね。

ところで、おじ上がその手紙をうけとったという日付と、その自殺《じさつ》されたと思われている日付を、うかがっておきましょうか」

「手紙がきましたのは、一八八三年三月十日、亡《な》くなりましたのは、七週間後の五月二日の夜のことでした」

「ありがとうございます。では、お話をつづけてください」

「父がホーシャムの屋敷《やしき》を相続したとき、わたしからたのみまして、しめきったままの屋根裏《やねうら》部屋を、ていねいに調査《ちょうさ》いたしました。

あの、しんちゅう製《せい》の小箱は見つけましたが、中身はすでに焼きすてられておりました。ふたの内がわに紙切れがはってあり、そこにK《ケー》・K《ケー》・K《ケー》の三文字がしるされていました。そしてその下には、『手紙、メモ、領収書《りょうしゅうしょ》、記録簿《きろくぼ》』と書いてありました。

これで、おじのオウプンショウ大佐が焼きすてた書類が、どのような性質《せいしつ》のものであったか、わたしたちにはわかりました。そのほかには、この屋根《やね》裏《うら》部屋には、たいしたものは見つからず、おじのアメリカ時代の生活に関するかなりの量の書類とノートが散乱《さんらん》しているだけでした。その中には、南北戦争のころのものもあり、おじがりっぱに軍務《ぐんむ》にはげみ、ゆうかんな軍人として名が通っていたことを、しめすものがありました。

また、[*30]南部諸州再建時代《なんぶしょしゅうさいけんじだい》のものもあり、おおかたは政治《せいじ》に関するものでした。どうやら、おじは、戦後にひと旗あげようと、北部から[*31]カーペット・バッグに金をつめてやってきたような政治屋《せいじや》たちを相手にまわして、強い抵抗《ていこう》をしていたということがわかりました」

あいつぐ不幸

「このようにして、わたしの父がホーシャムでくらすようになりましたのは、一八八四年のはじめのことでした。そして一八八五年の一月までは、わたしたちはすべてにわたり、平おんな生活をいたしておりました。

ところが新年の四日めのこと、朝食の席についたとたん、父がとつぜんするどいさけび声をあげたのです。見ると、父は、いま封《ふう》を開けたばかりの封《ふう》筒《とう》をもち、もう一方の手のひらの上に、乾燥《かんそう》した五つぶのオレンジの種をのせていたのです。

父は前まえから、わたしがおじの話をしても、そんなことがあるものかと笑いとばしていました。しかし、わが身に同じことがおこると、ひじょうにとまどい、こまりはてたようでした。

『ジョン、これは、いったいなんのまねだろうね？』

と父は口ごもりながらいいました。

わたしの心は、鉛《なまり》のように重くなりました。

『K《ケー》・K《ケー》・K《ケー》です』

と、わたしはいいました。

父は、封筒《ふうとう》の中をのぞきこみました。

『そう、そのとおりだ』

と、父はさけびました。

『ここに書いてあるのは、まさしくその文字だ。だが、その上に書いてあるのは、なんのことだろう?』

『日時計の上に書類を置け――』

わたしは、父の肩《かた》ごしにのぞきこんで読みました。

『書類とは、なんのことなのだ? 日時計とは、なんのことだ』

『庭にある日時計のことでしょう。ほかにはありませんからね』

と、わたしはいいました。

『そして書類というのは、おじ上が焼きすててしまったものに、まちがいないですよ』

『なんたることだ！』

父はやっとの思いで、勇気を出していいました。

『われわれは文明国にいるのだ。このようなつまらないことに、かまけてはいられない。この手紙は、どこで投函《とうかん》されているのかい？』

『ダンディー[*32]です』

消印を見ながら、わたしは答えました。

『まったく、とほうもないいたずらをするものだ。日時計だ、書類だのと、わたしと、いったいなんのかかわりがあるというのかね。こんないたずらに、気を取られているひまはないよ』

『警察《けいさつ》にとどけたほうが、いいと思いますが』

と、わたしはいいました。

『わざわざ、笑われに行くのかい。まっぴらだ』

『では、わたしに行かせてください』

『いや、だめだ。このようなことで、さわぎを大きくしたくはない』

父はひじょうにがんこ者ですから、いいあらそうだけむだでした。しかし、わたしは不吉《ふきつ》な予感で、胸《むね》がつまる思いでした。

この手紙がきてから三日めのこと、ポーツダウン・ヒルにある要塞《ようさい》の司令官をしている、旧友《きゅうゆう》のフリーボディ少佐をたずねるため、父は屋敷《やしき》を出かけました。わたしには、父が屋敷《やしき》からはなれていたほうが危険《きけん》からも遠ざかるように思えましたので、その外出をよろこびました。ところが、それはわたしの心得《こころえ》ちがいだったのです。

父が出かけて二日めのことです。わたしに、すぐにおいでを願うという、少佐からの電報《でんぽう》がとどきました。父が、あの地方に多くある、白亜《はくあ》を採掘《さいくつ》したふかいあなのひとつに落ち、頭をうって、意識《いしき》不明でたおれているということでした。わたしは、父の元へいそぎましたが、父は意識《いしき》を取りもどすことなく、亡《な》くなってしまいました。

ポーツダウン・ヒル　ハンプシャー州南部《しゅうなんぶ》にある丘《おか》。

聞いたところによりますと、夕ぐれどきに、フェアラム[*33]からもどる途中《とちゅう》だったようです。父はその土地には不案内ですし、あなはさくでかこってありませんでしたので、陪審員《ばいしんいん》はなんのうたがいもなく、『事故死《じこし》』と決定しました。

わたしは、父の死に関する、すべてのことがらについて調査《ちょうさ》しましたが、他殺《たさつ》を思わせるようなものは、なにも発見できませんでした。また、乱暴《らんぼう》されたようすも、足あともありませんし、持ち物をぬすまれたというようなこともありません。近くをあやしい人物がうろついていたという目撃者《もくげきしゃ》もありません。

しかし、もうしあげるまでもないことですが、わたしの心は、安心からはほど遠いものでした。父のまわりに、なんらかのひきょうな陰謀《いんぼう》のわながしかけられていたのにまちがいないと、わたしは思いました。

このような不幸な事情《じじょう》をへて、わたしはおじの遺産《いさん》を相続しました。おそらく、そのような屋敷《やしき》をなぜ処分《しょぶん》してしまわなかったのか、とお思いでしょう。しかし、わたしたちの災難《さいなん》は、おじの人生の、なにかのできごとにかかわるものだとわたしは思うのです。ですから、べつの屋敷《やしき》にひっこしたところで、危険度《きけんど》は同じだと考えたのです。

父が悲しい最期《さいご》をとげました。一八八五年一月ですから、すでに二年八か月がたちました。そのあいだずっと、わたしはホーシャムで、幸せにくらしていました。ですから、このぶんなら、わが家へののろいはとけた、父の代で終了《しゅうりょう》したのだと、思いはじめました。

しかし、安心するには早すぎたのです。昨日の朝、父のばあいとまったく同じように、災難《さいなん》がおそってきたのです」

K《ケー》・K《ケー》・K《ケー》からの三度めの手紙

若者《わかもの》は、チョッキのポケットから、くしゃくしゃの封筒《ふうとう》を取りだした。そして、テーブルのほうに向きなおると、その上に、小さく乾燥《かんそう》した、五つぶのオレンジの種を落とした。

「これが、その封筒《ふうとう》なのです」

と、かれはつづけた。

「消印は、ロンドンの東部局です。中には、父のうけとった手紙と、まったく同じ内容《ないよう》が書いてありました。『K《ケー》・K《ケー》・K《ケー》』と、『書類を日時計の上に置け』です」

「それで、あなたはどうなさいました？」

と、ホームズはたずねた。

「なにもしていません」

「なにもですか？」

「ほんとうのことをもうしますと、わたしはもう、どうにもならないような気がしているのです。まるで、ヘビにねらわれている、あわれなウサギのような気持ちなのです。どのように警戒《けいかい》しても、ふせぐことも抵抗《ていこう》することも

東部局《とうぶきょく》　ロンドン東端《とうたん》のイースト・エンド地区《ちく》の郵《ゆう》便局《びんきょく》。

できない、冷たい悪魔《あくま》の手にかかっているような気分です」

「だめですよ！　だめです！」

と、シャーロック・ホームズはさけんだ。

「さあ、あなたは行動しなければ。さもなければ命があぶない。あきらめないことが、助かる道です。絶望《ぜつぼう》しているばあいではありませんよ」

「警察《けいさつ》にはとどけました」

「ほう」

「しかし、わたしの話を笑いながら聞いているのです。警部《けいぶ》は、手紙はみな、だれかのいたずらで、おじと父は、陪審《ばいしん》の判定《はんてい》どおり完全な事故死《じこし》で、警告《けいこく》の手紙とは、まったく関係ないと思ったにちがいありません」

ホームズは、にぎったこぶしを空中にふりあげてさけんだ。

「しんじられないほどのまぬけだ！」

「それでも警官《けいかん》をひとり、わたしと一緒《いっしょ》に、屋敷《やしき》によこしてくれました」

「では、今夜も一緒《いっしょ》にきたのですか？」

「いいえ、警官《けいかん》は、屋敷《やしき》の中にいるよう命じられているのです」

ホームズは、ふたたび空中に、にぎりこぶしをふりあげた。

「なぜ、わたしのところへ、おいでになったのです？」

と、かれはさけんだ。

「いや、そんなことよりも、なぜすぐにおいでにならなかったのですか？」

「知らなかったのです。プレンダガスト少佐に、この災難《さいなん》についてうちあけ、あなたのところへうかがうように忠告《ちゅうこく》されたのが、今日なのですから」

「あなたが手紙をうけとられてから、すでに二日がたっています。もう少し早く行動すべきでしたね。いまお話しくださったほかには、証拠《しょうこ》になるようなものは、ないのでしょうね。――手がかりになりそうなものなら、どんな小さなことでもいいのです」

「ひとつだけあります」

と、ジョン・オウプンショウはいった。かれは上着のポケットをさぐり、色がかわってしまった、青い色の紙を一枚《まい》取りだすと、テーブルの上に置いた。

「思いだしてみますと、おじが書類を焼きすてたとき、たしか灰《はい》の中に、焼けのこったこれと同じ色の、小さな紙のきれはしがあったようでした。

この紙は、一枚《まい》だけ、おじの部屋の床《ゆか》に残っていたのを、わたしが発見したのです。たぶん、その書類のうちの一枚《まい》がまいあがり、焼かれるのをまぬがれたものでしょう。

『種』ということばのほかには、わたしたちに、役に立つようには思えませんが。これは、個人的《こじんてき》な日記かなにかの一ページではないかと思います。筆《ひっ》跡《せき》は、おじのものにまちがいありません」

ホームズはランプを近くによせ、われわれは、一緒《いっしょ》にその紙の上に身をかがめた。片方《かたほう》のはしが、ぎざぎざになっているところを見ると、ノートをひきちぎったことはあきらかだった。一番上に「一八六九年三月」と書かれ、その下には、次のように、クイズのような短い文章が、ならんでいるのだった。

四日。ハドスンがきた。同じことをくりかえしてとなえた。
七日。セント・オーガスチンのマッコリー、パラモア、ジョン・スウェイ
ンに種を送る。
九日。マッコリー消える。
十日。ジョン・スウェイン消える。
十二日。パラモアを訪問《ほうもん》。すべて順調。

「ありがとうございました」

ホームズは、その紙をたたみ、客にもどしながらいった。

「さあ、もう一刻《いっこく》のゆうよもありません。すぐにお屋敷《やしき》へもどられ、行動に
とりかかってください」

「どうすればよろしいのですか?」

「なさることはただひとつです。しかも、すみやかにしなければなりません。

いま、わたしたちにお見せいただいた紙片《しへん》を、あなたがおっしゃっていた、しんちゅうの小箱に入れるのです。そして、ほかの書類はすべて、おじ上が焼きすててしまったので、残りはこれ一枚《まい》だけだと書いたメモも、一緒《いっしょ》に入れておきます。これは、相手が納得《なっとく》するようなことばで書いておかなければなりません。そうしましたら、ただちに指定どおり、日時計の上に箱を置くのです。おわかりですか？」

「はい、わかりました」

「いまは、復讐《ふくしゅう》などということは、お考えになってはいけません。復讐《ふくしゅう》は、いずれ法律《ほうりつ》の力でできるでしょう。しかし、われわれはいま、あみをはったばかりなのに、敵《てき》のあみのほうは、すでにはってあるのですからね。いま考えなければいけないのは、あなたの身にせまる危険《きけん》を取りさることなのです。事件《じけん》を解明《かいめい》し、犯人《はんにん》を罰《ばっ》するのは、その次のことです」

「ありがとうございました」

若者《わかもの》は立ちあがると、コートをはおりながらいった。

「おかげさまで、生きかえったようで、希望が出てきました。かならず、ご忠告《ちゅうこく》にしたがいます」

「一刻《いっこく》もむだにしてはいけません。しばらくのあいだ、なににもまして、ご自分の身にお気をつけなさい。あなたの身にせまっている危険《きけん》は、ひじょうに現実的《げんじつてき》で、さしせまったものであることは、まちがいありません。お帰りは、どうなさいますか？」

「ウォータールー駅から、列車に乗ります」

「まだ九時になっていない。人通りもありますから、おそらくだいじょうぶでしょう。しかし、できるだけご用心なさってください」

「武器《ぶき》はあります」

「それならけっこう。あす、わたしたちも、あなたの事件《じけん》についての調査《ちょうさ》に取りかかります」

「それでは、ホーシャムへおこしいただけるのですね」

「いいえ、あなたの秘密《ひみつ》は、ロンドンにあるのです。わたしはここで、それ

ウォータールー駅《えき》
サウス・ウェスタン鉄道《てつどう》の、ロンドン市内《しない》での始発駅《しはつえき》。一八四八年《ねん》につくられた。

をさがしましょう」

「それでは、一日か二日しましたら、例の箱と書類について、お知らせにあがります。すべておっしゃったとおりにいたします」

若者《わかもの》は、わたしたちとあくしゅをかわし、帰っていった。

外はいまもなお、嵐《あらし》がうめき声をあげてふきあれ、雨ははげしく窓《まど》をうっていた。

わたしには、このきみょうであらあらしい物語が、ふきすさぶ大自然の中から嵐《あらし》でうちよせられた一片《いっぺん》の海草のように、われわれのところへたどりつき、いまふたたび、大自然の中へと消えていったように思えた。

K《ケー》・K《ケー》・K《ケー》のなぞ

　シャーロック・ホームズは、しばらくのあいだうつむき、暖炉《だんろ》に燃《も》える赤あかとした火を、だまってじっと見つめていた。やがて、自分のパイプに火を入れ、いすによりかかると、天井に向かって立ちのぼる、紫色《むらさきいろ》のタバコの煙《けむり》の輪を、じっと見ていた。

「ねえ、ワトスン」

　かれは、ついに口を開いた。

「われわれが手がけたどの事件《じけん》も、今回ほど異様《いよう》に思えるものはなかったね」

「まあ、『四つのサイン』はべつだろうけどね」

「そうだ。おそらくあれくらいだ。しかしだ、このジョン・オウプンショウのほうが、*34ショルトー兄弟よりも、大きな危険《きけん》におびやかされているように

四つのサイン　本《ほん》シリーズに収録《しゅうろく》予《よ》定《てい》。

思えるね」

「ところで、きみには、その危険《きけん》がいかなるものなのか、なにか見通しでもついているのかい」

「危険《きけん》の性質《せいしつ》については、問題なくわかっているのさ」

「とすると、それはなんなのだい。このK《ケー》・K《ケー》・K《ケー》とは何者かね。なぜ、あの不幸な一族に、つきまとっているのだろう」

シャーロック・ホームズは、目をとじて、いすのひじかけに両ひじをつき、両手の指先をあわせていった。

「理想的な推理《すいり》ができる人間というものはね、ひとたびひとつの真実の全容《ぜんよう》をしめされれば、そこにいたる一連のできごとをさぐりだすだけでなく、そこからひきおこされるであろう結果まで推理《すいり》してしまうものなのだよ。そう、キュビエがたった一本の骨《ほね》を見て、その動物の全身像《ぜんしんぞう》を、完全にえがくことができたようにね。

あるかかわりのある事件《じけん》をつなぎ、くさりの輪のひとつを完ぺきに理解《りかい》で

キュビエ　フランスの博物学者《はくぶつがくしゃ》（一七六九〜一八三二年《ねん》）。

きた観察者ならば、その前と後ろの輪も正確《せいかく》に説明ができるわけなのだよ。ぼくたちにはまだ結果はわかっていないが、これは推理《すいり》によってだけわかるのだ。感覚にたよって解決《かいけつ》をこころみた人たちがみな失敗したような問題でさえ、書斎《しょさい》の中で解決《かいけつ》できることもあるのだ。

しかし、この技術《ぎじゅつ》をもっとも有効《ゆうこう》に使うためには、推理《すいり》する人間というのは、自分が知っている事実を、すべて生かせるようにしなければならない。きみもよくわかっていると思うけど、つまり、あらゆる知識《ちしき》を身につけていなければならないということなのさ。

これは、教育が無料で受けられ、百科事典が普及《ふきゅう》しているいまの時代でも、そうかんたんにはできないことさ。しかし、自分の仕事に利用できそうな知識《ちしき》をすべて修得《しゅうとく》するのは、できないことではない。だから、ぼくのばあいも、その努力をしてきたのさ。ぼくたちが知りあってまもないころに、ぼくの知識《ちしき》の範囲《はんい》について、きみはずいぶんきちんとした一覧表《いちらんひょう》を、つくってみせてくれたではないか」

百科事典《ひゃっかじてん》 ここでは、大英百科《だいえいひゃっか》事典《じてん》のことをさす。

一覧表《いちらんひょう》 本《ほん》シリーズ《緋色《ひいろ》の習作《しゅうさく》》28、29ページ参《さん》照《しょう》。

「そうだったね」

笑いながら、わたしは答えた。

「あれは、一風かわった記録だったね。たしか、哲学《てつがく》、天文学、政治学《せいじがく》について は、零点《れいてん》だった。植物学の知識《ちしき》については、かたよっている。地質学《ちしつがく》は、ロンドン市内から、八十キロメートル以内の地域《ちいき》の、すべてのどろのしみについては、ひじょうによく知っている。化学の知識《ちしき》は、ひどくかたよっていて、解剖学《かいぼうがく》の知識《ちしき》も、体系的《たいけいてき》ではない。

世の中をさわがせているような文学作品や犯罪《はんざい》の記録に関しては、たぐいまれな知識《ちしき》があり、バイオリン演奏家《えんそうか》で、ボクサーで、フェンシングをたしなみ、法律《ほうりつ》にくわしく、コカインとタバコの依存症《いぞんしょう》がある。ぼくの成績表の要点は、こんなところだったかな」

最後のところにくると、ホームズはにやりとした。

「ともかく、あのときもきみにいったように、人間の頭脳《ずのう》は、小さい屋根裏《やねうら》部屋のようなものだから、自分に役立つ道具だけを全部そろえておくべきな

にやりとした
《緋色《ひいろ》の習作《しゅうさく》》で発《はっ》表《ぴょう》された一覧表《いちらんひょう》では、コカインとタバコのことはふれていない。だから、にやりとしたのである。

のさ。ほかのものは、いるときに取りだせるように、自分の書斎《しょさい》というがらくた部屋にしまっておけばいい。

ところで、今晩《こんばん》もちこまれたような事件《じけん》は、ぼくたちの、すべての知識《ちしき》を出動させる必要があるね。すまないが、きみのそばの書棚《しょだな》から、アメリカ百科事典の、K《ケー》の項《こう》がのっているものを、取ってくれたまえ。——ありがとう。

それでは、この状況《じょうきょう》から見て、なにがひきだせるかを検討《けんとう》してみようではないか。まず第一段階《だんかい》として、オウプンショウ大佐が、アメリカをひきはらったのには、なんらかのひじょうに強い理由があったと仮定《かてい》してみよう。

かれほどの年齢《ねんれい》になれば、人間というものは、いままでの自分の習慣《しゅうかん》をすっかりかえ、気候の温暖《おんだん》なフロリダをすてて、イングランドの都会からはなれた、ひなびた村で、孤独《こどく》な生活に入るようなことは、しないものさ。

それに、イングランドにもどってからも、かれが極たんに、孤独《こどく》を愛した生活を送っていたということを考えれば、かれがなんらかの人物、あるいはことがらをおそれていたということ、そして、そのなんらかのおそれから、アメリカをにげだしたという仮説《かせつ》を立ててもいいだろう。

かれがおそれていたものが、なんであるかということについては、大佐とその相続人たちがうけとった、恐怖《きょうふ》の手紙から推察《すいさつ》するしかない。その手紙についていた消印に、きみは気がついたかい？」

「一番めはインドのポンディシェリから、二番めはスコットランドのダンディーから、そして三番めはロンドンからだった」

「ロンドンの東部局だよ。そのことから、なにがわかるのだい？」

「みっつとも港町だよ。手紙の主は、船に乗っているのだ」

「そのとおり。われわれは、すでに糸口をつかんだ。手紙の主が船に乗っていた。この可能性《かのうせい》はきわめて高く、まずまちがいないだろう。

それでは、べつの点から考えてみよう。ポンディシェリからのばあいは、脅迫状《きょうはくじょう》がとどいてから悲劇《ひげき》までのあいだは、七週間あった。ダンディーからのときには、たった三、四日だ。これには、なんらかの意味があるのではないだろうか」

「やってくる距離《きょり》が、遠かったということだ」

「けれども、手紙も同じく、遠い距離《きょり》からとどいているのだ」

「とすると、ぼくにはわからないね」

「少なくとも、こういう推測《すいそく》はできる。差出人の男、あるいは男たちが乗っていたのは帆船《はんせん》だ。かれらは、自分たちの使命をはたしに、出発する前には、つねにきみょうな警告《けいこく》のしるしを送っていたらしいね。

ダンディーからきたときには、警告《けいこく》と犯行《はんこう》のあいだがひじょうに早かったね。ポンディシェリからのばあいでも、かれらが蒸気船《じょうきせん》に乗っているなら、手紙とほぼ同じときに到着《とうちゃく》したはずだよ。しかし、現実《げんじつ》には七週間後についている。この七週間は、手紙を運んできた郵便船《ゆうびんせん》と差出人が乗ってきた帆船《はんせん》との、速度の差をしめしていると思うね」

「そうかもしれないね」

「それどころか、まずまちがいないね。ということは、今回のばあいには、ことがひじょうにさしせまっているのは、きみにもわかるかね。だから、ぼ

帆船《はんせん》
帆《ほ》をあげて、風力《ふうりょく》で航行《こうこう》する船《ふね》。

蒸気船《じょうきせん》
蒸気《じょうき》で動《うご》く船《ふね》。風力《ふうりょく》にたよる帆船《はんせん》にくらべ、速度《そくど》が一定《いってい》にたもて、目的地《もくてきち》にも早《はや》く到着《とうちゃく》できた。

郵便船《ゆうびんせん》
蒸気力《じょうきりょく》で動《うご》く船《ふね》で、ふつう乗客《じょうきゃく》や貨物《かもつ》もつんだ。

くはあのオウプンショウ青年に、うるさいほど気をつけるようにと注意したのさ」

手紙の差出人がこっちへやってくるのに必要なだけの時間をおいて、災難《さいなん》はおきている。しかし、今回のものはロンドンからだ。われわれには、もう一刻《いっこく》のゆうよもないのだ」

「ああ、それはたいへんなことになった」

と、わたしはさけんだ。

「それにしても、この、なさけのひとかけらもない脅迫《きょうはく》は、いったいなにを意味しているのだい？」

「オウプンショウ大佐のもっていた書類が、帆船《はんせん》にいるひとり、もしくは数人にとっては、ひじょうに重要だということは、はっきりしている。これはどう考えても、ひとりではないとぼくは思うよ。ひとりでは、陪審員《ばいしんいん》の目をごまかすほどたくみな殺人《さつじん》を、二回も行うことはできないからね。

これには、数人がかかわりあっている。それも頭のいい、結束のかたいやつらにちがいない。持ち主がだれかなどおかまいなしに、ねらった書類は、かならず手に入れるつもりさ。とすると、K《ケー》・K《ケー》・K《ケー》というのは、個人名《こじんめい》の頭文字ではなく、ある団体《だんたい》の略称《りゃくしょう》だということがわかるだろう」

「しかし、なんの団体《だんたい》かい？」

「きみはまだ……」

シャーロック・ホームズは、身をのりだすと、ささやいた。

「クー・クラックス・クランというのを、聞いたことはないかい？」

「一度もないね」

ホームズは、わたしが取った本をひざの上にのせて、ページをめくると、

「ほら、ここだ」

と、まもなくいった。

クー・クラックス・クラン
Ku Klux Klan
一八六六年《ねん》ごろ、アメリカで結成《けっせい》された、実《じつ》在《ざい》する白人《はくじん》至上主義《しじょうしゅぎ》秘《ひ》密《みっ》組織《そしき》。

クー・クラックス・クラン

ライフル銃《じゅう》の、撃鉄《げきてつ》をおこすときの音ににせてつけられた、きみょうな名前。このおそろしい秘密組織《ひみつそしき》は、南北戦争後に、南部出身の元兵士《もとへいし》たちにより結成された。この組織《そしき》は急速に広まり、とくにテネシー、ルイジアナ、南北カロライナ、ジョージア、フロリダの諸州《しょしゅう》には支部が置かれた。

組織《そしき》の力は、政治《せいじ》に利用され、おもに黒人有権者《ゆうけんしゃ》へのテロ活動を行い、組織《そしき》の意見にさからう者たちを殺《ころ》したり、州外に追放したりした。

この種の暴挙《ぼうきょ》を行うときには、いつでもそれに先立ち、ねらった人物にたいして警告《けいこく》を送ることになっていた。それは、ある地区では葉のついたカシの小枝《こえだ》であり、また、ほかの地区ではメロンの種かオレンジの種であった。

この警告《けいこく》をうけとった者は、おおやけに自分のいままでの考えをあらためたことをちかうか、さもなければ、州外へにげだすしかなかった。

撃鉄《げきてつ》

ピストルなどの弾《たま》をうちだす装置《そうち》のひとつ。

もし勇かんに、これに立ち向かいでもすれば、かならず死にみまわれることになった。しかも、その死はきみょうで、予測《よそく》できないような形で行われるのだ。

この組織《そしき》の結束は完全なもので、そのやり方はまったく合理的なものだったので、組織《そしき》に抵抗《ていこう》した人物がぶじだったり、犯人《はんにん》が逮捕《たいほ》された記録はまったく残っていない。

アメリカ政府《せいふ》や、南部の良識者《りょうしきしゃ》の努力にもかかわらず、この組織《そしき》は数年ものあいだ、活発な行動を行った。ところが、一八六九年になると、その活動は、とつぜんといっていいほどに下火となった。そして、その後のこの種の事件《じけん》は、きわめてまれにおこるだけとなったのである。

「ここからわかったことは……」

と、事典を下に置きながら、ホームズはいった。

「組織《そしき》のとつぜんの活動休止と、オウプンショウ大佐が書類をもってアメリカをさった時期が同じだということだ。ここには、なんらかのつながりがあると考えていいだろう。

大佐とその家族が執念深《しゅうねんぶか》い残党《ざんとう》につけねらわれたとしても、ふしぎはないよ。記録簿《きろくぼ》や日記に、南部の有力者に関することが書かれているのかもしれない。となれば、書類を取りもどさなければ、夜もおちおちねむれない人物が、たくさんいるかもしれないということだろうね」

「ということは、ぼくたちが見せてもらった、あの一ページは……」

「ぼくたちの予想どおりのものさ。たしか、『A、B、Cに種を送った』と書いてあったね。ということは、かれらに、組織《そしき》からの警告《けいこく》を発したという意味さ。そしてそのつぎの、AとBとがつづいて消えた、というのは、おそらく州外へ逃亡《とうぼう》したことで、最後に、Cが訪問《ほうもん》された、ということは、おそらくCが不幸な災難《さいなん》にみまわれたということだろうね。

どう思うかね、先生。これで、まっくらな闇《やみ》につつまれている今回の事件《じけん》に、いくらか光がさしてきたといえそうじゃないかい。そして、あのオウプンショウ青年が助かる方法は、ぼくがさっき教えたようにするほかにはないのだよ。さあ、今晩《こんばん》はもう、話すことも、することもなさそうだ。そうだ、ぼくのバイオリンを取ってくれないかい。三十分ほど、このひどい天気と、それにまさる、ぼくたちの依頼人《いらいにん》の不幸な運命を、わすれることにしようではないか」

してやられたホームズ

その日の朝は晴天であった。大都市の空にただようようすいもやをつらぬき、太陽がおだやかに光りかがやいていた。わたしが下に行くと、すでにシャーロック・ホームズは、朝食をとりはじめていた。

「すまないが、待っているひまがなかったのでね」

と、かれはいった。

「オウプンショウ青年の事件《じけん》の調査《ちょうさ》で、今日はいそがしくなるからね」

「どうするのだい？」

と、わたしはたずねた。

「はじめにしらべたことの結果による。まあ、どちらにしても、ホーシャムへは行かなければならないと思うよ」

「はじめにそこへは行かないのかい？」

「そう、手はじめはシティへ行くのさ。呼《よ》びりんを鳴らせば、メイドがきみにコーヒーをもってきてくれるはずだよ」

わたしは待っているあいだ、だれも見ていなかった新聞をテーブルから取ると、さっと目を通した。そして、その見出しを目にしたとたん、わたしの心臓《しんぞう》はこおりついた。

「ホームズ！」

わたしはさけんだ。

「おそかったよ」

「なんだって！」

カップを下に置きながら、かれはいった。

「こうなるのではと心配はしていたのだが、どうやってやられたのだい？」

落ちついた話し方だったが、かれがかなり動転していることが見てとれた。

「オウプンショウの名と、『ウォータールー橋近くでの悲劇《ひげき》』という見出しが目に入ったのだ。内容《ないよう》はこうさ。

『昨夜の九時から十時のあいだのこと、ウォータールー橋近くを、*35H《エイチ》地区のクック巡査《じゅんさ》が巡回《じゅんかい》していたところ、助けを求めるさけび声と、水音を聞きつけた。しかしながら、昨夜は、きわめて暗かったうえに、嵐《あらし》がひどかったため、数人の通行人が協力してくれたにもかかわらず、救助《きゅうじょ》はまったくできなかった。

警報《けいほう》を出したことから、水上警察《けいさつ》が出動して死体を発見した。ポケット

に入っていた封筒《ふうとう》から、死体の身元は、ホーシャム近くに住む、ジョン・オウプンショウという名の青年紳士《しんし》だとわかった。ウォータールー駅からの最終列車に乗るため、いそいでいて、暗闇《くらやみ》の中で道にまよい、蒸気船《じょうきせん》用の小さな船着き場から転落したようである。死体は乱暴《らんぼう》されたようすもなく、被害者《ひがいしゃ》は不慮《ふりょ》の事故《じこ》にあったとしか思えない。

なにはともあれ、この種の岸壁《がんぺき》にある船着き場は、危険《きけん》であるので、以後は関係官庁《かんけいかんちょう》が注意をはらうようになるであろう』」

われわれは、しばらくだまってすわっていた。いままでになく、ホームズはふかく落ちこみ動転していた。

「ワトスン、ぼくのプライドは傷《きず》つけられたよ」

ようやくのことで、かれは口をきいた。

「もちろん、これはつまらない感情《かんじょう》だがね。しかしプライドは傷《きず》つけられたのさ。こうなれば、もうこの事件《じけん》は、ぼくの問題だよ。ぼくは命あるかぎり、この悪党《あくとう》どもをつかまえてやるぞ。せっかくぼくのところへ助けを求めにやってきたのに、死においやってしまったのだ……」

ホームズはこうふんのあまり、いすからすっと立ちあがると、青白い顔を赤らめ、やせて長い両手の指を、神経質《しんけいしつ》ににぎったり開いたりしながら、部屋を歩きまわっていた。

復讐《ふくしゅう》に燃《も》えるホームズ

「連中《れんちゅう》は知恵《ちえ》のはたらく悪党《あくとう》にちがいない」

かれはついにさけんだ。

「いったい、あのようなところへ、どうやってつれだしたのだろうか。ウォータールー駅へ行くのに、テムズ川ぞいのエンバンクメントは、方向ちがいなのだ。あれだけの嵐《あらし》の夜だって、橋の上は人通りが多すぎるから、かれらも

エンバンクメント 国会議事堂《こっかいぎじどう》から、テムズ川北岸《がわほくがん》ぞいに、シティまでつづく河岸通《かしどお》りをいう。

具合が悪かったのだろうね。

さてと、ワトスン。最後はどちらが勝つか、見ていてくれ。ぼくはいまから、出かけるとしよう」

「警察《けいさつ》へかい？」

「いや、ぼく自身が警察《けいさつ》になるのさ。ぼくがあみをはれば、警察《けいさつ》の連中だって、ハエくらいはつかまえられるだろうが、ぼくがやらなければ、連中はなにもできないさ」

この日は一日じゅう、わたしは本職《ほんしょく》の医者の仕事におわれていたので、ベイカー街へもどったのは、夕方もだいぶおそくなってからであった。しかし、シャーロック・ホームズは、まだもどってはいなかった。

ほぼ十時近く、青ざめて、つかれきった顔をしたホームズが部屋に入ってきた。サイド・ボードに近づくなり、パンをひきちぎり、がつがつと食べると、水をひと息に飲みほした。

「空腹《くうふく》のようだね」

サイド・ボード
食器棚《しょっきだな》などの収納家《しゅうのうか》具《ぐ》。

わたしはいった。

「うえ死にするところさ。食べることにまで、思いがめぐらなかったのさ。朝食のあとは、なにも食べていないよ」

「まったくかい?」

「そう、ひと口もさ。思いだすひまさえなかった」

「それで、うまくいったかい?」

「上出来さ」

「糸口はつかめたのかね?」

「ぼくの手の中に、やつらを完全につかんだよ。オウプンショウ青年のうらみは、じきにはらせるよ。さてと、ワトスン。ぼくたちもやつらに、やつら自身の悪魔《あくま》のトレードマークを送りつけてやろうじゃないか。これはなかなかの思いつきじゃあないかい?」

「どうしようというのだい?」

ホームズは、カップ・ボードから、オレンジを一個《こ》出して小さくちぎり、

カップ・ボード
コーヒーカップなどを入《い》れておく戸棚《とだな》。ホームズの部屋《へや》に、食《しょっ》器《き》棚《だな》がふたつあるとは考《かんが》えにくいので、前述《ぜんじゅつ》のサイド・ボードと同《おな》じものだろう。

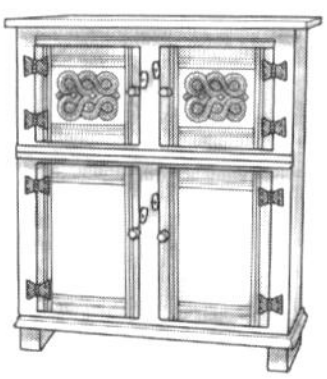

その種をテーブルの上におしだした。そして、そのうちの五つをひろうと封《ふう》筒《とう》に入れ、封筒《ふうとう》の折り返しの内がわに、「J・O（ジョン・オウプンショウの頭文字）にかわって、S・H（シャーロック・ホームズの頭文字）」と書きしるした。そしてかれは、封筒《ふうとう》に封《ふう》をすると、「ジョージア州サバンナ港、帆船《はんせん》ローン・スター号、ジェイムズ・キャルハウン船長」と、あて名を書きいれた。

「入港すると、これが待っているというわけさ」

くすくすと笑いながら、ホームズはいった。

「きっと、夜もねむれなくなることだろう。オウプンショウが体験したのと同じように、確実《かくじつ》な不運の前ぶれだと思うだろうね」

「ところで、このキャルハウン船長というのは、何者なのだい？」

「悪党《あくとう》の親分さ。ほかのなかまもやるつもりだけれど、まずかれからさ」

「ところで、きみはどうやって、これをつきとめたのだい？」

ホームズはポケットをさぐると、日時や名前が一面に書きつけてある、大《おお》

ジョージア州《しゅう》サバンナ
アメリカ合衆国南東《がっしゅうこくなんとう》部《ぶ》、ジョージア州《しゅう》にある港町《みなとまち》。ここにもK《クー》・K《クラックス》・K《クラン》の支部《しぶ》があった。

判《ばん》の紙を一枚《まい》、取りだした。

「ぼくは調査《ちょうさ》に一日をつぶしたのさ」

と、ホームズはいった。

「ロイズ船舶記録簿《せんぱくきろくぼ》と、古い新聞のファイルをしらべるのにね。それで、一八八三年の一月と二月に、ポンディシェリ港に立ちよったすべての船と、その後の動きをたどった。すると、この二か月間に、この港に立ちよった大《おお》型《がた》の船は三十六隻《せき》だった。その中で、ローン・スター号という船に、ぼくは注目した。これは、ロンドンから出港したことにはなっていたけれど、この船の名は、アメリカのどこかの州の愛称《あいしょう》だからね」

「テキサスだと思うよ」[*36]

「そう、その点については、ぼくはよく知らないけれど、とにかくアメリカの船にまちがいないことはわかったのさ」

「それから、どうしたのだい?」

「次にダンディー港の記録をしらべた。そして、一八八五年一月に、帆船《はんせん》ロー

ロイズ船舶記録簿《せんぱくきろくぼ》
一七六四年《ねん》に開始《かいし》された登録簿《とうろくぼ》には船舶《せんぱく》を分類《ぶんるい》して掲載《けいさい》してある。

アメリカの船《ふね》
ローン・スター号《ごう》は実在《じつざい》のアメリカの船《ふね》だった。

ン・スター号が寄港《きこう》したことをつきとめた。ぼくがうたがっていたことが、たしかなことになったのさ。それで次に、ロンドン港にいま入港中の船をしらべた」

「そうしたら？」

「先週、ローン・スター号は入港していた。ぼくはアルバート・ドックへ行った。すると、船は今朝のひき潮《しお》にのってテムズ川をくだり、サバンナへ向かって出港してしまったあとだった。グレイブズエンドに電報《でんぽう》をうって問いあわせたところ、いましがた通過《つうか》したということだった。東風がふいているから、いまごろはグッドウィンズ[*37]を通りすぎて、ワイト島[*38]の近くを航海中《こうかいちゅう》だろう」

「これから、きみはどうするつもりなのだい」

「そう、犯人《はんにん》はぼくの手の中さ。ぼくがしらべたところによると、あの船の乗組員の中で、純粋《じゅんすい》のアメリカ人というのは、船長とふたりの航海士《こうかいし》だけだ。ほかの乗組員は、フィンランド人とドイツ人さ。さらに、この三人が、

アルバート・ドック
テムズ川《がわ》に並行《へいこう》して広《ひろ》がる大《おお》きなドックの一部《いちぶ》で、ロンドンの港《みなと》のなかで最大《さいだい》の施設《しせつ》。ほとんどの汽船《きせん》が入港《にゅうこう》した。

昨日の夜はそろいもそろって、陸にあがっていることもわかっている。あの船に積荷をしていた沖仲仕《おきなかし》から聞きだしたのさ。

いずれにしても、かれらの乗っている船がサバンナに到着《とうちゃく》するころには、この手紙は、ひと足先に郵便船《ゆうびんせん》でとどけられているだろうし、サバンナ警察《けいさつ》へは、あの三名の紳士《しんし》は、実はロンドンで殺人容疑《さつじんようぎ》で指名手配されていることが、海底電信で連絡《れんらく》されているだろう」

しかし、人間の計画というものは、いかにすばらしいものでも、なにかしらつまずきというものがあるものだ。ジョン・オウプンシヨウの殺害犯人《さつがいはんにん》たちは、かれらと同じように頭がよく、行動力のある人物に自分自身がおわれているということを知るはずだった。しかし、オレンジの種は、永遠《えいえん》にうけとられることはなかったのだ。

この年の秋分の嵐《あらし》は、いつになくはげしく長びいた。わたしたちは、サバンナから、ローン・スター号の知らせがくるのを長く待っていたが、結局、なんの知らせも入らなかった。そしてついに、大西洋のはるか沖のどこか

沖仲仕《おきなかし》
はしけと本船《ほんせん》のあいだで、荷物《にもつ》のつみおろしをする仕事《しごと》に、たずさわっている人《ひと》。

で、船尾材《せんびざい》が、波間にただよっていたことを聞いた。そこには、「L・S」（ローン・スター号の頭文字）のふたつの文字が、きざみつけられていたということだった。ローン・スター号の運命について、これ以上のことは、未来永《えい》ごうに、われわれにはわからないであろう。

物語の中に出てくることばについて

★（　）内はページ

《二つの顔を持つ男》

＊1　ド・クインシー（7）

トマス・ド・クインシー（一七八五～一八五九年）、英国《えいこく》の随筆家《ずいひつか》。自分自身も当時は法律《ほうりつ》で禁《きん》じられていなかったアヘンの依存症《いぞんしょう》だった。『阿片常用者《あへんじょうようしゃ》の告白《こくはく》』（一八二二年）で、「アヘンよりアルコールのほうが害が大きい」とのべた。

＊2　アヘンチンキ（7）

英国《えいこく》では粉末《ふんまつ》のアヘンより、液体化《えきたいか》したアヘンチンキのほうが、よくもちいられた。アヘンは空想力を高める薬だとしんじられ、英国《えいこく》全土にアヘンの常用《じょうよう》が広まり、一九二〇年に毒性薬物法《どくせいやくぶつほう》が制定《せいてい》されるまで、取りしまりはなかった。

＊2　ケシの花と実。アヘンはケシの実からつくられる

＊3　ジェイムズ（10）

ワトスンの名は「ジョン・H・ワトスン」なので、妻《つま》が夫の名を呼《よ》びまちがえるとは、おかしなことである。ジェイムズというのは、ワトスンのむすこ、または犬の名ではないかという説もある。

＊4　シティ（11）

ロンドンのもっとも古くにつくられた中心地区で、世界の金融《きんゆう》と経済《けいざい》の中心のひとつになっている。広さは約一・六キロメートル四方。下の地図参照。

＊5　ポール埠頭《ふとう》（23）

下の地図参照。

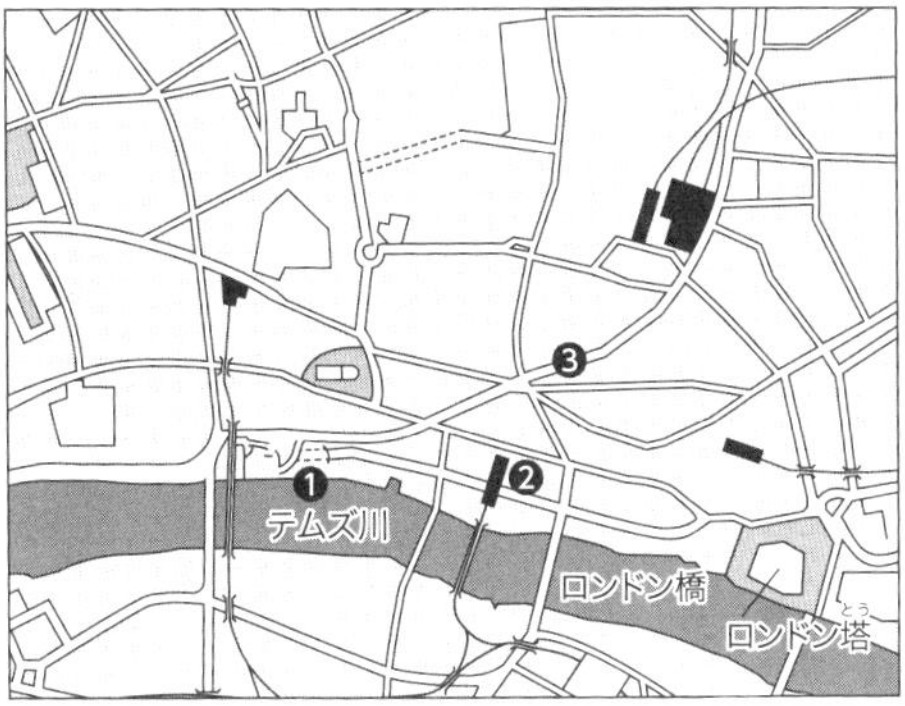

＊4・5・7・8　ロンドンのシティ地区

＊6　ケント州 (25)

ロンドンの南東にある州。リーは、一九〇六年にはロンドンの行政《ぎょうせい》となった。P153の地図参照。

＊7　キャノン街駅 (28)

サウス・イースタン鉄道が、路線を延長《えんちょう》したときに建設《けんせつ》された駅で、一八六六年に完成した。P151の地図参照。

＊8　スレッドニードル街 (37)

以前はスリー・ニードル街と呼《よ》ばれる、ロンドンの仕立屋横丁であった。P151の地図参照。

＊9　イングランド (44)

英国《えいこく》の地域名《ちいきめい》。グレート・ブリテン島《とう》のうち、スコットランド、ウェールズをのぞいた地域《ちいき》。

＊9　イングランド

＊6・10・11　当時のロンドンと物語に出てくる州

＊10　ミドルセックス州（44）

イングランドの南東部の州。一八八九年に州の一部がロンドンに吸収《きゅうしゅう》され、州全域《ぜんいき》にわたってロンドンの影響《えいきょう》を強くうけるようになった。一九六五年以《い》降《こう》、他の州に合併された。上の地図参照。

＊11　サリー州（44）

イングランドの南東部にある州。ロンドンに通勤《つうきん》する人びとの住宅地《じゅうたくち》が多い。上の地図参照。

＊12　ベイカー街（45）

ホームズの下宿は、ベイカー街二二一番地Bにあり、ワトスンも、結婚前《けっこんまえ》は一緒《いっしょ》に住んでいた。P155の地図参照。

＊13　消印（51）

使用ずみのしるしとして、郵便局《ゆうびんきょく》で切手・はがきの上におすスタンプ。当時ロンドンの中心部では、郵便《ゆうびん》の配達は一日に十一〜十二回あり、ロンドン市内では郵便物《ゆうびんぶつ》はその日のうちに配達された。

＊14　グレイブズエンド（51）

ケント州にあるテムズ川ぞいの港町。海からテムズ川をのぼってきた船は、ここで海の水先案内人を、川の水先案内人にかえる。

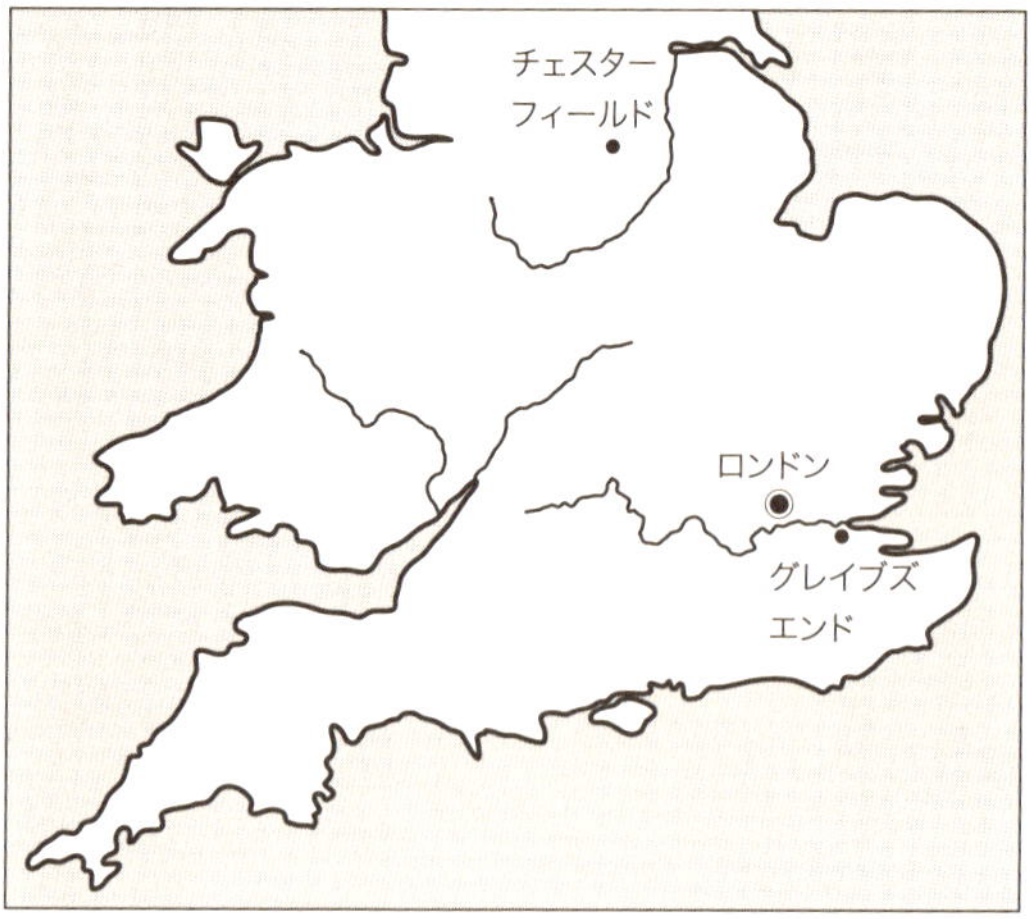

＊14　グレイブズエンド　20　チェスターフィールド

＊15　**分析的推理**《ぶんせきてきすいり》（55）

こみいった考えを、一つひとつの部分に分解《ぶんかい》し、さらにくわしく細かい点について検討《けんとう》したうえで、全体についてのはっきりした考え方を見つけだす方法。ホームズは、この方法で推理《すいり》している。

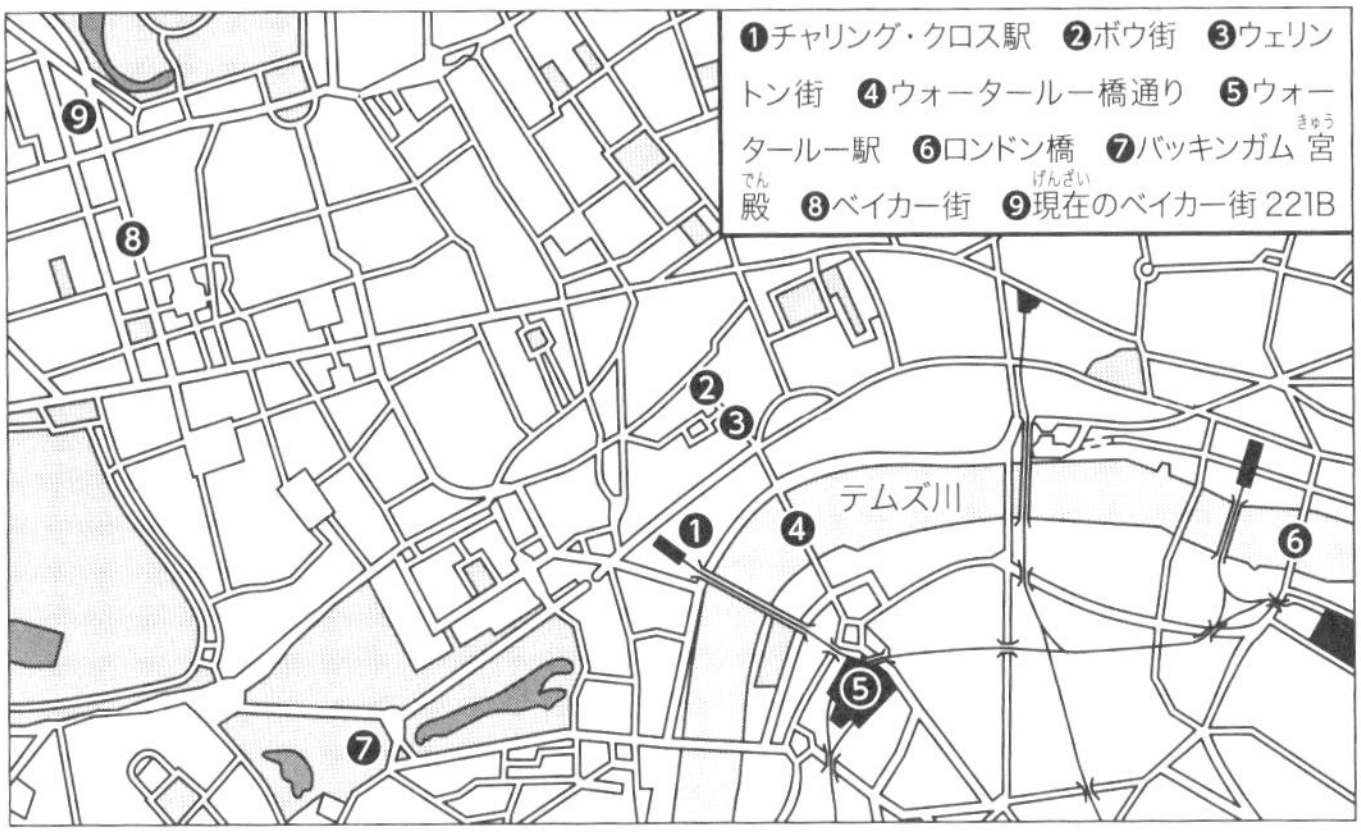

＊12・16～19　当時のロンドン

＊16　**チャリング・クロス**（61）

ロンドンの中心部。サウス・イースタン鉄道のロンドン終着駅。チャリング・クロス駅がある。P155の地図参照。

＊17　**ウォータールー橋通り**（63）

＊18　**ウェリントン街**（63）

＊17、＊18ともに、P155の地図参照。

＊19　**ボウ街**（63）

中央警察裁判所《ちゅうおうけいさつさいばんしょ》があった。P155の地図参照。

＊20　**チェスターフィールド**（75）

イングランド中部、ダービーシャー州の工業都市。P154の地図参照。

《オレンジの種五つ》

＊21　**クラーク・ラッセル**（90）

ウィリアム・クラーク・ラッセル（一八四四〜一九一一年）、イギリスの作家。船員としての経験《けいけん》を活かし、リアルで臨場感《りんじょうかん》あふれる海洋冒険《ぼうけん》小説を多く執筆《しっぴつ》。ラッセルの作品はホームズ物語が発表された、「ストランド・マガジン」一八九一年五月号には「バラのジョーンズ船長」が掲載《けいさい》されている。

＊22　**ホーシャム**（92）

サセックス州（＊27参照）の町。P158の地図参照。

＊23　白亜《はくあ》（92）

微生物《びせいぶつ》の遺骸《いがい》からできた、白くやわらかい、石灰《せっかい》質《しつ》の岩。イングランド南部海岸が白亜質《はくあしつ》の断崖《だんがい》であることから、むかしはグレート・ブリテン島を、アルビオン（白い国）と呼《よ》んだ。

＊24　最終控訴院《さいしゅうこうそいん》（94）

控訴院《こうそいん》は、イングランド、およびウェールズにおける、民事・刑事《けいじ》の第《だい》二審裁判所《しんさいばんしょ》。ここでは「ほかに相談できないような、むずかしい事件《じけん》ばかりが、わたしのところへまわってくる」という意味。

＊25　コベントリー（95）

イングランド中部、当時のウォリックシャー州にあった都市。Ｐ１６０の地図参照。

＊26　物語に出てくるアメリカ合衆国《がっしゅうこく》の州と都市

＊26　フロリダ（96）
アメリカ南東部の州。ここのウォルト・ディズニー・ワールド・リゾート内のグローブナー・リゾート・ホテル（現在《げんざい》のウィンダム・ガーデン・レイク・ブエナ・ビスタ）で、ホームズの部屋《へや》が再現《さいげん》されていたことがある。P157の地図参照。

＊27　サセックス州（96）
イングランド南部の州。ホームズは引退後《いんたいご》、この州の南、イーストボーン市近くの、英仏海峡《えいふつかいきょう》を一望する地で、養蜂《ようほう》をしながらくらした。下の地図参照。

＊22　ホーシャム　＊27　サセックス州（現在《げんざい》はウエストサセックス州とイーストサセックス州の２つに分かれている）

＊28　バックギャモン（97）
日本でいう「盤《ばん》すごろく」。「西洋すごろく」とも呼《よ》ばれる。ふたりで遊び、たがいにすれちがい、じゃましあいながら、先に十五個《こ》の駒《こま》を全部ゴールさせたほうが勝ちになる。

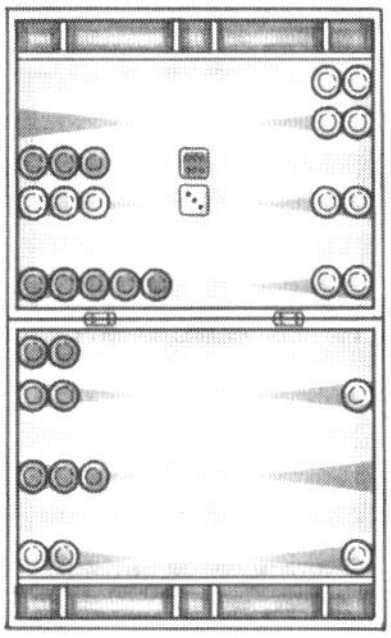
＊28　バックギャモン

＊29　ポンディシェリ（99）
インド東岸の町。このころはフランス領《りょう》だった。

＊29　ポンディシェリ

＊30　南部《なんぶ》諸州《しょしゅう》再建《さいけん》時代（109）

一八六一年に、北部派《は》のリンカーンが大統領《だいとうりょう》に当選したあと、黒人奴隷制度《こくじんどれいせいど》をあくまでも維持《いじ》しようとした南部十一州が、合衆国《がっしゅうこく》から分離《ぶんり》し、あらたに南部連合をつくって、北部に対抗《たいこう》した時代。一八六一年から一八六五年のあいだをさす。

＊31　カーペット・バッグ（109）

カーペット地でつくったかばん。南北戦争後、南部に移住《いじゅう》してきた北部の政治屋《せいじや》たちを、カーペット・バッグ政治屋《せいじや》と呼《よ》んだ。もともとは、西部の山師的《やましてき》な事業家たちが、このバッグにあつめた金をつめていたことから、こう呼《よ》ばれた。

＊32　ダンディー（112）

スコットランド南東部の港町。

＊25・32　コベントリーとダンディー

＊33　フェアラム（114）
イングランド南部、ハンプシャー州の町。

＊33　フェアラム

＊34　ショルトー兄弟（125）
《四つのサイン》に登場する兄弟。バーソロミュー・ショルトーは、死んだ父のかくした財宝《ざいほう》を発見したが、何者かに殺《ころ》され、財宝《ざいほう》もぬすまれた。その容疑《ようぎ》は弟サディアスにかけられた。

＊35　H《エイチ》地区（139）

首都《しゅと》警察《けいさつ》の二十二管轄地《かんかつち》のひとつ。ウォーター
ルー駅と船着場近くを巡回《じゅんかい》していたのはH《エイチ》地区の巡《じゅん》
査《さ》だが、その事件現場《じけんげんば》はE地区。

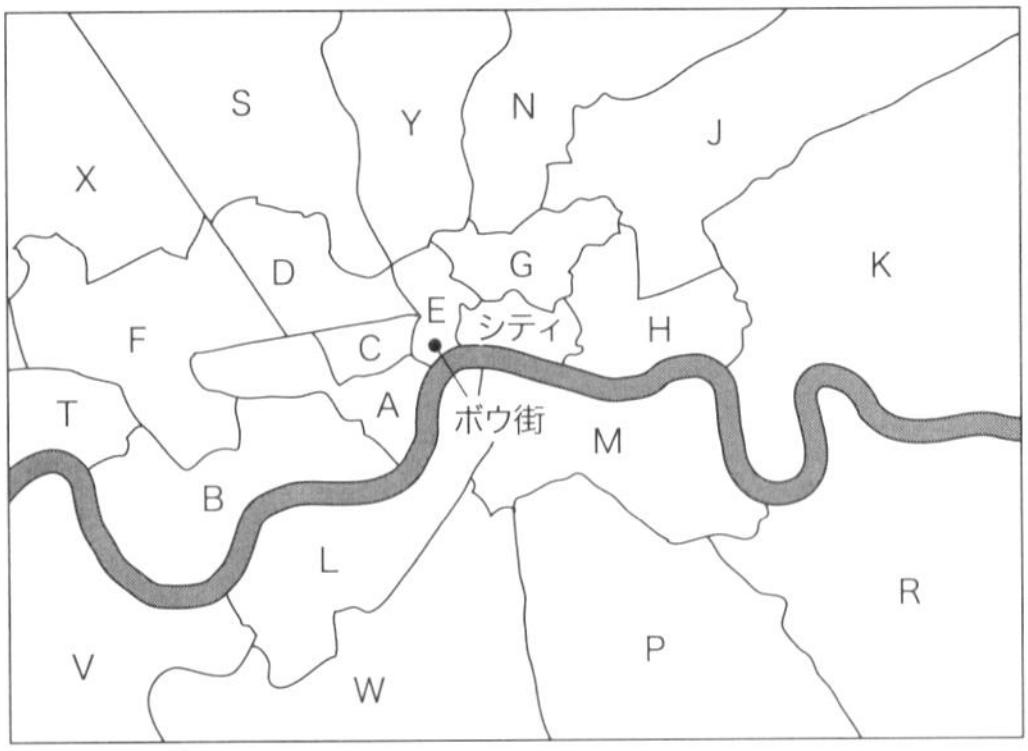

＊35　H《エイチ》地区

＊36　テキサス（146）

アメリカ南部の州。石油・綿花《めんか》・家畜《かちく》の産地。P
157の地図参照。

＊37　グッドウィンズ（147）
グッドウィン砂州《さす》。北海《ほっかい》からドーバー海峡《かいきょう》に入るところにある、危険《きけん》な砂州《さす》。下の地図参照。

＊38　ワイト島《とう》（147）
ハンプシャー州の海岸近くにある島。下の地図参照。

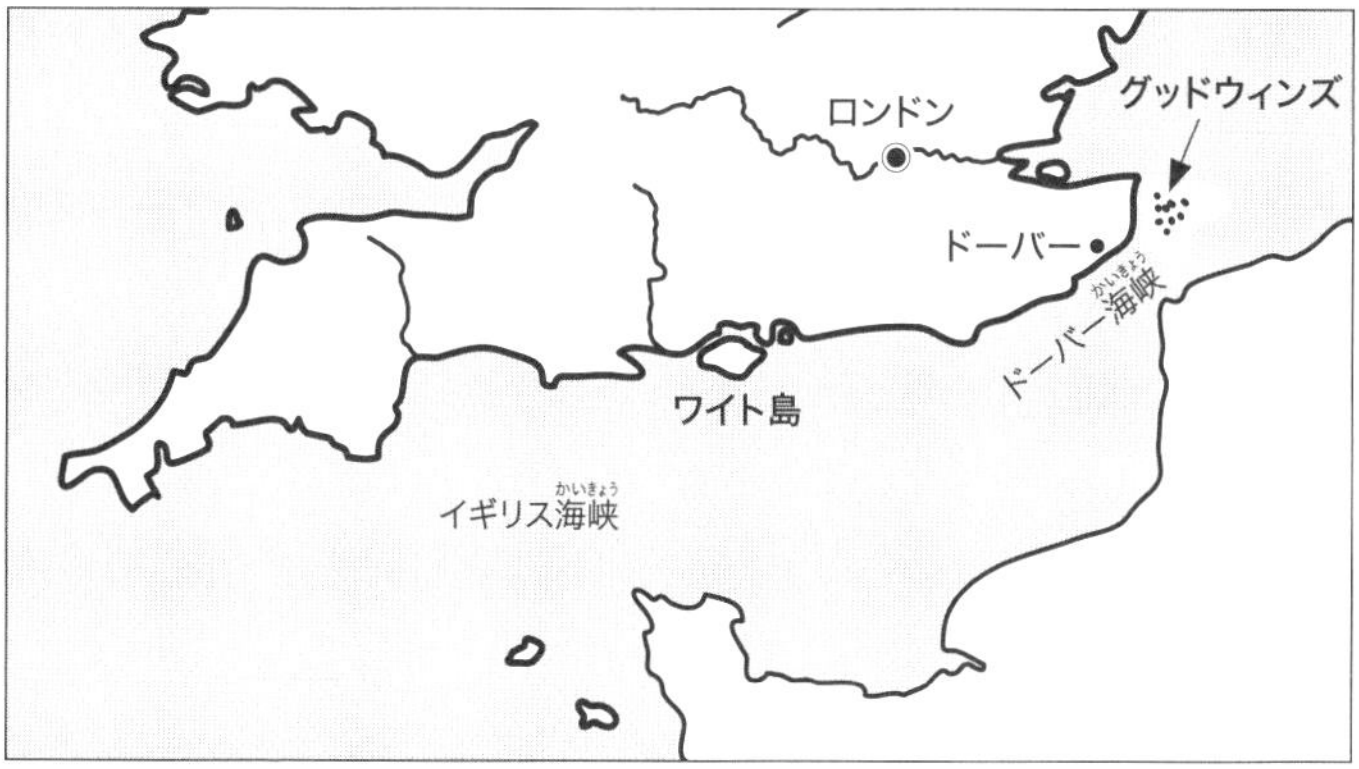

＊37・38　グッドウィンズとワイト島

ホームズをもっと楽しく読むために

小林　司　東山あかね

●この本の作品について

この本には、英国《えいこく》の作家アーサー・コナン・ドイルが書いたホームズ物語から、一八九一年十二月に発表された《二つの顔を持つ男》と、同年十一月に発表された《オレンジの種五つ》をおさめました。

《二つの顔を持つ男》の原題訳《げんだいやく》は、『くちびるのねじれた男』といいます。また、《オレンジの種五つ》は、ドイルが自分でえらんだベスト作品の第十位に入っています。

《二つの顔を持つ男》

まずしいロンドン市民

《二つの顔を持つ男》は、ベアリング＝グールドの研究で「一八八七年六月十八日から十九日にかけての事件《じけん》」とされています。このシリーズではすべてかれの研究による年代の順番に収《しゅう》録《ろく》しています。本文には一八八九年と書いてありますが、アイザ・ホイットニーに日をたずねられたときに、ワトスンが「六月十九日、金曜日」と答えていることから、年がまちがっていることがわかります。一八八九年なら水曜日のはずですから。

この作品は、一人二役、架空殺人《かくうさつじん》、密室《みっしつ》トリックが使われているにもかかわらず、推理《すいり》小説としては、あまり高く評価《ひょうか》されていないできばえですが、社会背景《はいけい》やホームズ研究の立場から見ると、ひじょうにおもしろい物語です。

セントクレア夫人とホームズ。《二つの顔を持つ男》より。絵／シドニー・パジット。

この物語の主役は、ロンドンの「こじき」です。「こじき」という言葉は差別的な意味をふくむということで、使ってはいけないことになっていますので「物ごい」と言いかえてありますが、百年前のロンドンに「こじき」がいたことは事実です。

一八七〇年代をピークとして、大英帝国《だいえいていこく》は、その繁栄《はんえい》にしだいにかげりがさしはじめ、やがて世界第一の大国の地位から転落していきます。けれども、「大英帝国《だいえいていこく》の領土《りょうど》に日の没《ぼっ》するときはない」とじまんしていたくらい、地球上いたるところに植民地があり、輸出《ゆしゅつ》していたので、ホームズの時代にはまだ、世界で一番ゆたかな国でした。

しかしながら、その富は一部の人たちにかたよってにぎられていました。ロンドンでは人口の三分の一が、朝食のパンはどうにか買えても、バターを買うお金はない、というような生活をしていました。したがって、人からの恵《めぐ》みをたよりに生きなければならない、ひじょうにまずしい人たちがたくさんいたのです。

十九世紀《せいき》の英国《えいこく》を舞台《ぶたい》に、英国《えいこく》の作家チャールズ・ディケンズ（一八一二〜一八七〇年）が書いた『オリバー・ツイスト』は、たいへん人気のある物語で、「オリバー！」という題の人気のミュージカルとして、しばしば上演《じょうえん》されます。二〇一一年には東急シアターオーブで上演《じょうえん》されました。二〇〇五年に公開された映画「オリバー・ツイスト」は時代背景《はいけい》がひじょうによ

物ごいをするヒュー・ブーン。《二つの顔を持つ男》より。絵／パジット。

くえがかれています。

この物語の主人公のオリバーは孤児院《こじいん》のあとに他の人に売られ、そこからぬけ出し、ロンドンに流れつき、すりとどろぼうの少年グループに加わっていました。

物ごいがうまれる背景《はいけい》には、本人のなまけぐせなどではなく、社会のしくみや、お金の分け方が原因《げんいん》にあるのです。

タバコをふかして考えこむホームズ。《二つの顔を持つ男》より。絵／パジット。

ネビルの正体

この作品には、いくつかの、なっとくできない点があります。
①ブーンが、一日に二ポンド（約四万八千円）もかせいだとは、しんじにくい。
②セントクレア夫人が、アッパー・スウォンダム・レインのような、あぶない地区をひとりで歩くだろうか。
③変装《へんそう》を知人に見やぶられることなく、

1900年ごろのボウ街の警察署《けいさつしょ》。

何年間も物ごいをつづけることができるだろうか。

④まともな人間が、アヘン窟《くつ》を拠点《きょてん》にして商売をすることなどできないのではないか。

⑤ホームズが、今回にかぎって数日間も「杉屋敷《すぎやしき》」にとまりこんで調査《ちょうさ》しているのは、きみょうだ。

⑥ホームズたちがボウ街まで乗ってきた「杉屋敷《すぎやしき》」の馬車はどうなったのか。ベイカー街まで朝食にもどるときは馬車で行ったのだろうか。

あなたはこれらの疑問《ぎもん》に、どう答えますか。

日本シャーロック・ホームズ・クラブ会員の清水武彦《しみずたけひこ》さんは、次のように考えました。

「ネビル・セントクレアは、悪の帝王《ていおう》モリアーティの手下であり、こじきのふりをして情報《じょうほう》をあつめ、その報酬《ほうしゅう》としてモリアーティから日収《にっしゅう》二ポンドをもらっていた。

ネビルは、《緋色《ひいろ》の習作》（本シリーズに収録《しゅうろく》）で、老婆《ろうば》に変装《へんそう》して指輪を取りもどした、あの青年であり、ホームズは独自《どくじ》の調査力《ちょうさりょく》でかれをさがし出し、かれが結婚《けっこん》したあとも親しくしていた。セントクレア夫人は、夫の職業《しょくぎょう》に疑問《ぎもん》をいだいて、ホームズに相談し、かれの指示で、『バー・オブ・ゴールド』の近くを歩いていたのだ。

つまり、ホームズはネビルの二重生活を、ある程度《ていど》知っていたのではないか」（くわしくは、『シャーロック・ホームズ大事典』東京堂出版《とうきょうどうしゅっぱん》、二〇三ページを読んでみてください）

アヘンの流行

この作品で、もうひとつ注目しなければならないのは、アヘン窟《くつ》です。ホームズ物語を連載《れんさい》していた雑誌《ざっし》「ストランド・マガジン」の一八九一年六月号には、「アヘン窟《くつ》の夜」という体験記が出ています。著者《ちょしゃ》は「死んだ男の日記の著者《ちょしゃ》」となっていて、実名をかくしてあります。

ドイルは、この著者《ちょしゃ》に会い、アヘン窟《くつ》のようすを聞いた数か月あとに作品を書いたのか、もしくはドイル自身がその著者《ちょしゃ》なのか、それについては証拠《しょうこ》がありませんが、どちらもありそうなことです。当時は、アヘンやコカインのような麻薬《まやく》がまだそれほど有害だとは思われておらず、現在《げんざい》のタバコやコーヒー、コーラ程度《ていど》に見なされて、ごくふつうに使われていました。、麻薬《まやく》がきびしく取りしまられるようになったのは、一九一二年からです。

《オレンジの種五つ》

米国差別

ホームズ物語には、この作品のほかにも、いくつかアメリカ合衆国《がっしゅうこく》（米国）が出てくるものがあります。しかしどの作品にも、米国がひどく野蛮《やばん》で文化の発達していない、おくれた国としてえがかれています。

《緋色《ひいろ》の習作》（本シリーズに収録《しゅうろく》）の後半三分の二は、米国ユタ州のソルトレーク市と砂漠《さばく》を舞台《ぶたい》にした、モルモン教徒による迫害《はくがい》や殺人《さつじん》がおもなテーマです。

嵐《あらし》の中をやってきた依頼人《いらいにん》。《オレンジの種五つ》より。絵／パジット。

《花よめ失そう事件《じけん》》（本シリーズに収録《しゅうろく》）のヒロインであるハティ・ドーランの父は、数年前まで無一文だった米国人で、金鉱《きんこう》をほりあてて大富豪《だいふごう》になった男です。ハティは教育もうけずに野山をかけまわって育ち、フランクという青年とひそかに結婚《けっこん》しました。しかし、かれのいた鉱山《こうざん》はアパッチ族におそわれ、フランクも殺《ころ》されてしまったという、あやまった記事が新聞に出たというのです。

成り上がり者がいることや、原住民による攻撃《こうげき》が多いこと、新聞記事があてにならないことなどが読者に印象《いんしょう》づけられるでしょう。

「ホームズ！　おそかったよ」新聞を見るワトスン（右）。《オレンジの種五つ》より。絵／パジット。

また《黄色い顔》（本シリーズ『ギリシャ語通訳《つうやく》』に収録《しゅうろく》）のヒロインであるエフィは、米国のアトランタでアフリカ系アメリカ人弁《べん》護士《ごし》と結婚《けっこん》しました。しかし、「黄熱病で夫と子どもをなくした」とうそをいって英国《えいこく》で裕福《ゆうふく》な商人と再婚《さいこん》し、百ポンドもの大金を、目的をかくして使ったり、夜中の三時にこっそり外出したりして、夫を心配させています。

K《クー》・K《クラックス》・K《クラン》と人種差別

《オレンジの種五つ》にも、「おじは『アフリカ系アメリカ人がきらいで、かれらに市民権《しみんけん》をあたえた共和党《きょうわとう》の政策《せいさく》に、腹《はら》を立てた』」という差別的なことばが書かれています。この物語に出てくるK《クー》・K《クラックス》・K《クラン》は実在《じつざい》した団体《だんたい》の名前で、アフリカ系アメリカ人有権者《ゆうけんしゃ》を殺害《さつがい》するほか、自分たちの考えに反対する人を、殺《ころ》したり追放したりしていました。

どうやらジョン・オウプンショウのおじ、イライアスは、このK《クー》・K《クラックス》・K《クラン》の幹部《かんぶ》のひとりだったらしいのです。殺人《さつじん》の計画かなにかで内輪もめになり、イライアスが秘密書類《ひみつしょるい》をもったまま英国《えいこく》へ逃亡《とうぼう》したので、裏切《うらぎ》り者《もの》としてK《クー》・K《クラックス》・K《クラン》から命をねらわれたのでしょう。

この作品では、K《クー》・K《クラックス》・K《クラン》によって三人の人が次つぎと殺《ころ》されましたが、結局はつかまえることはできず、中途半端《ちゅうとはんぱ》な終わり方になっています。けれども、K《クー》・K《クラックス》・K《クラン》の歴史《れきし》や実態《じったい》をしらべると、米国における人種差別の問題が見えてきます。

人種差別は、米国ばかりでなく、南アフリカや中東など、世界のあちこちで、いまなお争いの元になっています。このようなことは、一日も早くなくしたいものです。

●ホームズがかつやくしたころの、新聞や雑誌《ざっし》

ホームズと新聞

ホームズ物語には、たくさんの新聞が登場します。たとえば《バスカヴィル家の犬》（本シリーズに収録《しゅうろく》）には、「タイムズ」「リーズ・マーキュリー」「ウェスタン・モーニング・ニュース」が、《青いガーネット》（本シリーズに収録《しゅうろく》）には、「グローブ」「スター」「ペルメル」「セント・ジェームズ・ガゼット」「イブニング・ニューズ」「スタンダード」「エコー」が出てきます。《ボスコム谷の惨劇《さんげき》》では、調査《ちょうさ》に行く列車の中で、ホームズが最近の新聞全部に目を通しています。また、《白銀号事件《じけん》》には、「あらゆる新聞のあたらしい版《はん》が、配達所からベイカー街の下宿へとどいた」と書かれています。

このようなことを読むと、百年も前のロンドンでも、すでにひじょうに多くの種類の新聞が売られていたことがわかります。

日本シャーロック・ホームズ・クラブの会員である吉新正徳《よしあらまさのり》さん・鈴木弘久《すずきひろひさ》さんは、ホームズが一か月に使った新聞代を、五ポンド以上と見つもっています。これは、住みこみの家庭教師《きょうし》の月給と、同じくらいの金額《きんがく》です。

大衆《たいしゅう》向けの新聞

しかし、ホームズが生まれたころは、わずかな数の新聞が発行されていたにすぎませんでした。一般大衆《いっぱんたいしゅう》の言論《げんろん》をおさえる目的で、一七一二年に新聞印紙税《しんぶんいんしぜい》がもうけられ、一八一五年以後には原価《げんか》三ペンスの新聞に、四ペンスの印紙を紙面にはって、七ペンスという高値《たかね》で売られていました。

したがって、高価《こうか》な新聞を買えない一般《いっぱん》のロンドン市民は、コーヒー・ハウスやパブ（酒場）へ行って、週刊誌《しゅうかんし》や新聞・雑誌《ざっし》を読み、社会のできごとや話題を知ったのです。このような店が新聞・雑誌《ざっし》をそなえるようになったのは、チャールズ二世のころからです。

一八四〇年ごろのロンドンには、これらの店が千六百けんもあり、中には新聞五十種、雑誌《ざっし》四十一種をそろえていた店もありました。

新聞を読むワトスン。中央はホームズ。《赤毛組合》より。絵／パジット。

ところが、一八五五年に、この新聞印紙税《しんぶんいんしぜい》が廃止《はいし》されたことから、大衆《たいしゅう》向けの新聞が、ぞくぞくと発行されたのです。

ホームズ物語にしばしば登場する「デイリー・テレグラフ」紙は、新聞印紙税《しんぶんいんしぜい》の廃止後《はいしご》二週間以内に発刊《はっかん》されています。

廃止前《はいしまえ》には、英国《えいこく》全体で五百三十種しかなかったのに、廃止《はいし》の十二年後には千二百九十四種、一八九五年には二千三百種も新聞や雑誌《ざっし》が出るようになりました。一八五七年から一八八五年にかけて、英国《えいこく》における新聞の流通量は、三倍にはねあがったのです。

それまでは字の読めない人が多かったのですが、一八七〇年代に教育が普及《ふきゅう》して、字を知っている人がふえました。すると、本や新聞の発行部数もふえ、また種類もふえる、ということになったのです。

号外を売る新聞の売り子。《高名な依頼人《いらいにん》》より。絵／ハワード・K・エルコック。

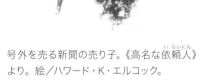

「タイムズ」紙

英国《えいこく》で一番有名な新聞である「タイムズ」紙がはじめたものに、アゴニー・コラム（私事広《しじこう》告欄《こくらん》）があります。

ホームズが、《緋色《ひいろ》の習作》で指輪の広告《こうこく》を出したり、《青いガーネット》で帽子拾得《ぼうししゅうとく》の広告《こうこく》を出したり、また《赤い輪》や《ブルース・パーティントン設計図《せっけいず》》で悪漢が情報《じょうほう》を伝えるために利用したのも、このアゴニー・コラムです。ホームズは、この欄《らん》を念入りにスクラップして、ファイルにはっていました。

新聞を見せるスポールディング。
《赤毛組合》より。絵／パジット。

日本の新聞にも私事広告欄《しじこうこくらん》はありますが、よほどのことがなければ利用しません。英米では、貸間《かしま》求む、家庭教師《きょうし》求む、ベビーシッター求むなど、ごくふつうのことにもこの欄《らん》を気軽に利用しますし、料金も安いのです。

《赤い輪》でホームズは、「異常《いじょう》なできごとを研究している者にとって、これほどありがたい狩猟場《しゅりょうじょう》はないよ」とのべています。

「タイムズ」紙は、輪転機や電信など、あたらしい技術《ぎじゅつ》を真っ先に採用《さいよう》したことで知られていますが、写真製版《しゃしんせいはん》の網版製版技術《あみばんせいはんぎじゅつ》が一八八二年に開発されて、美しい写真を印刷できるようになったことも、新聞の普及《ふきゅう》を助けました。

しかし有名な漫画雑誌《まんがざっし》「パンチ」誌《し》は、その後十年間も、この印刷法を採用《さいよう》しませんでした。

あたらしい新聞

発行部数がふえるとともに、「タイムズ」紙のように、質《しつ》が高くて優雅《ゆうが》な内容《ないよう》よりも、そのものずばりといった書き方をする、大衆《たいしゅう》向けの新聞や週刊誌《しゅうかんし》があらわれ、インタビュー記事なども取りいれられるようになりました。

一八八〇年には、「レイディズ・ピクトリアル」、一八八五年に「レイディ」、一八八九年に「ウーマン」、一八九〇年に「ジェントル・ウーマン」といった女《じょ》性《せい》向けのものも創刊《そうかん》されました。

また、絵入りの週刊誌《しゅうかんし》としては、「イ

ホームズ物語を有名にした雑誌《ざっし》、「ストランド・マガジン」。

ラストレイテッド・ロンドン・ニューズ」紙が、一八四二年に創刊《そうかん》されました。この週刊誌《しゅうかんし》は、海外駐在員《ちゅうざいいん》、取材旅行をする特派員《とくはいん》、支局《しきょく》などをもっており、他の週刊誌《しゅうかんし》はとうてい競争相手になれませんでした。

牧師《ぼくし》のむすこジョージ・ニューンズ（一八五一〜一九一〇年）は、小間物商として出発し、菜食主義《しゅぎ》のレストランを開いて資産《しさん》をためてから、一八八一年に「ティット・ビッツ（おもしろニュース）」を創刊《そうかん》しました。これは、英国で初めての大衆《たいしゅう》向けの週刊雑誌《しゅうかんざっし》でした。おもしろい事実や奇妙《きみょう》なできごとなどの短い紹介記事《しょうかいきじ》が掲載《けいさい》され、クイズ、パズル、クロスワードパズルなどの読者参加型《どくしゃさんかがた》のページもありました。さらに、小説、ミステリーなどの連載《れんさい》、健康から家庭生活に役立つ記事ともりだくさんで、人気があり発行部数がのびました。

雑誌《ざっし》の黄金時代

「ティット・ビッツ」を足がかりにして、ニューンズは一八九一年から、「ストランド・マガジン」という雑誌《ざっし》を出しはじめました。これは日本のB5判《ばん》に近いサイズで、約百二十ページ、上質紙《じょうしつし》を使った月刊誌《げっかんし》で、毎ページに一枚《まい》ずつイラストを入れ、どきどきするようなスリラーや、話題になった人へのインタビュー、事実の報道などをもりこんだものでした。この雑誌《ざっし》の創刊《そうかん》号は三十万部売れ、発行部数はすぐ五十万部にふえました。

この雑誌《ざっし》の編集長《へんしゅうちょう》グリーンハウ・スミスは、ホームズものの最初の短編《たんぺん》《ボヘミアの醜聞《しゅうぶん》》（本シリーズに収録《しゅうろく》）が気にいったので、コナン・ドイルと六回の連載《れんさい》を契約《けいやく》しました。契約《けいやく》は千文字につき四ポンド、「ボヘミアの醜聞《しゅうぶん》」は三十六ポンド（約八十六万円）でした。当時の一般《いっぱん》労働者の年収《ねんしゅう》は二十〜五〇ポンド（日本円で約四十八万〜百二十万円）でしたから、労働者のほぼ一年分を一話でかせいだことになります。

そのあとドイルは次第に強気になって、短編《たんぺん》の七作目からは長さに関係なく一話五〇ポンド（約百二十万円）を請求《せいきゅう》したという記録が残っています。

こうして、一八九一年七月号から、ホームズ物語がこの雑誌《ざっし》に連載《れんさい》されはじめると、たいへんな人気で、雑誌《ざっし》の発行日には売り場に行列ができるほどでした。ホームズものがのっているというだけで、売れゆきは十数万部以上ものびたのです。

最初の十二編《へん》の物語は、ニューンズ社によって『シャーロック・ホームズの冒険《ぼうけん》』という単行本

デイリー・テレグラフ新聞社。
（撮影《さつえい》・東山あかね）

新聞社があつまっているロンドンのフリート街。（撮影《さつえい》・東山あかね）

にまとめられ、一八九二年十月に出版《しゅっぱん》されました。日本の古本屋では数十万円の高値《たかね》を呼《よ》んでいます。初版《しょはん》は一万部だったとか。

この「ストランド・マガジン」とホームズ物語の例でもわかるように、一八八〇〜一八九〇年代は、あたらしい雑誌《ざっし》が次つぎに生まれ、それによってあたらしく多くの作家がチャンスをあたえられて登場した時代でした。新聞・雑誌《ざっし》にとっての黄金時代ともいえるような、ビクトリア朝後半の四分の一世紀《せいき》にかさなったからこそ、ホームズ物語が印刷される機会にめぐまれたし、そのおかげで、わたしたちもいまなお、こうして読書を楽しむことができるのです。

※この本に出てくる「英国」とは、イギリスのことです。

★作者

コナン・ドイル（Sir Arthur Conan Doyle）

1859年、スコットランド・エジンバラに生まれる。エジンバラ大学医学部を卒業して医院を開業。1887年最初の「シャーロック・ホームズ」物語である『緋色の習作』を発表。その後、医師はやめ、60編におよぶ「シャーロック・ホームズ」物語を世に送りだした。「シャーロック・ホームズ」のほかにもSFや歴史小説など多数の著作を残している。1930年71歳で逝去。

★訳者

小林《こばやし》　司《つかさ》

1929年、青森県に生まれる。東京大学大学院博士課程修了。医学博士。精神科医。フルブライト研究員として渡米。上智大学カウンセリング研究所教授などをへて、メンタル・ヘルス国際情報センター所長。世界的ホームズ研究家として知られる。ベイカー・ストリート・イレギュラーズ（BSI）会員。1977年日本シャーロック・ホームズ・クラブ創設・主宰。

主な著書は『「生きがい」とは何か』『脳を育てる　脳を守る』など多数。

2010年帰天。

東山《ひがしやま》あかね

1947年、東京都に生まれる。東京女子大学短期大学部卒業の後、明治学院大学卒業。夫小林司とともに日本シャーロック・ホームズ・クラブを主宰しホームズ関連本を執筆する。

ベイカー・ストリート・イレギュラーズ（BSI）会員。社会福祉士、精神保健福祉士。

小林との共著は『ガス燈に浮かぶシャーロック・ホームズ』『裏読みシャーロック・ホームズ　ドイルの暗号』『シャーロック・ホームズ入門百科』など、訳書『シャーロック・ホームズの私生活』『シャーロック・ホームズ17の愉しみ』『シャーロック・ホームズ全集』（全9巻）など多数。

単著は『シャーロック・ホームズを歩く』『脳卒中サバイバル』。

編集　ニシ工芸株式会社（森脇郁実、大石さえ子、高瀬和也、中山史奈、是村ゆかり）
校正　ペーパーハウス
装丁　岩間佐和子

＊本書は1991年刊「ホームズは名探偵」シリーズ6『アヘン窟に消えた男』に加筆・修正し、イラストを新たにかき下ろしたものです。

名探偵《めいたんてい》シャーロック・ホームズ
二つの顔を持つ男

初版発行　2024年11月

作／コナン・ドイル
訳／小林司　東山あかね
絵／猫野クロ

発行所　株式会社 金の星社
〒111-0056 東京都台東区小島 1-4-3
TEL　03-3861-1861（代表）　FAX　03-3861-1507
振替　00100-0-64678
ホームページ　https://www.kinnohoshi.co.jp

印刷　株式会社 広済堂ネクスト　製本　牧製本印刷 株式会社

182ページ　19.4cm　NDC933　ISBN978-4-323-05990-7

乱丁落丁本は、ご面倒ですが小社販売部宛にご送付ください。送料小社負担でお取り替えいたします。